www.tredition.de

AF198190

Elisabeth Medbach

Lichtstaub

Eine Beobachtung in Bogenhausen

www.tredition.de

Verlag & Druck: tredition GmbH, Halenreie 40-44, 22359 Hamburg

ISBN
Paperback: 978-3-347-05629-9
Hardcover: 978-3-347-05630-5
e-Book: 978-3-347-05631-2

Hält ihn fest, und hält ihn linde,
Und ihr Auge schaut auf ihn.

A. von Droste-Hülshoff, Am Feste Mariä Lichtmess

Wie still es ist.

Doch jetzt wird ein Fenster aufgestoßen, ein rundes Fenster oben unter dem Dach.

„Nimm dein Sach und lass dich nicht mehr sehen", ruft eine Männerstimme, „sonst lernst du mich erst richtig kennen!"

Ein Korb fliegt aus dem Fenster, prallt auf dem Boden auf. Es folgt ein Schirm, geschleudert wie ein Speer.

Nun tritt ein Mann mit einem dunklen Vollbart an das Fenster und lässt noch ein zusammengeknülltes Kleidungsstück folgen, einen Mantel, der in der Dachrinne hängenbleibt. Der Bärtige verschwindet wieder.

Die Haustür wird aufgerissen und eine junge Frau läuft die Stufen herunter, bleibt stehen und greift nach ihrer weißen Schürze. Sie wischt sich damit über das Gesicht, mehrere Male, schnäuzt sich kräftig hinein. Gerötet und auffallend herzförmig ist das Gesicht, ein Eindruck, der durch das spitze Kinn entsteht, aber auch durch die Frisur: Locker zusammengefasst und als Wulst aufgetürmt.

Mittlerweile werden Hefte und Zeitschriften aus dem Fenster geworfen. Sie sammelt alle ein, legt sie durchnässt und zerfleddert auf die unterste Stufe. Auch die anderen Dinge, die der Mann herunterwirft -

eine Haarbürste, ein kleines gerahmtes Bild, mehrere Schuhe - sammelt sie hastig ein und stopft sie in den Korb.

Oben löst der Mann jetzt mit einem Besenstiel den Mantel aus der Dachrinne, stemmt ihn zu sich hoch und wirft ihn wieder nach unten - diesmal mit Erfolg. Der Mantel kommt genau auf der Treppe zu liegen.

„Du!", ruft jetzt eine grauhaarige Frau aus dem Fenster, „geh zum Dienstboteneingang, da kriegst du deinen Koffer! Und die Schürze bleibt hier!"

Das Dienstmädchen befolgt diese Anweisung und wartet mit seinen Habseligkeiten an einem zweiten, seitlich gelegenen Eingang, bis eine weitere Frau mit einem dunkelgrünen Pappkoffer erscheint. Diese Frau hilft beim Ausziehen der Schürze, beim Anziehen und Zuknöpfen des Mantels. Sie redet beruhigend auf die andere ein, sie umarmen einander.

Dann schlägt die Ältere das Kreuzzeichen über die Verstoßene und endlich geht diese Richtung Gartentor, den Koffer in der einen, den Korb in der anderen Hand.

„Dein Schirm", ruft die Grauhaarige von vorhin. Sie ist nach unten geeilt, denn sie steht jetzt in der Eingangstür.

Die junge Frau kehrt um und holt den Schirm. Sie wagt es nicht, zu der Grauhaarigen hinzusehen.

„Schau, dass du jetzt abhaust!", ist wieder der Bärtige zu vernehmen. Er schließt erst, als sie auf die

Straße hinausgegangen und nicht mehr zu sehen ist, mit einiger Mühe das Fenster.

Es ist jetzt wie zuvor ganz still. Schneeflocken fallen, in den Fenstern scheint Licht, Rauch steigt aus dem Kamin. Das Tor, durch das nun Fußspuren führen, wird von zwei steinernen Engelchen beschützt.

*

Der Junge zieht die Vorhänge zu und setzt sich an den Schreibtisch, der von mildem Licht aus einem grünen Lampenschirm erhellt wird. Er beugt sich über sein Heft, schreibt etwas hinein, spricht den nächsten Satz halblaut vor sich hin: „Die Germanen verherrlichen die hohen und würdigen Bäume." Er tunkt den Federhalter in das Tintenfass und will anfangen, den Satz in das Heft zu übertragen. Doch die Feder sträubt sich, ungeduldig schüttelt er den Federhalter. Tinte spritzt heraus, auf die Schreibunterlage. Der Junge tupft die Kleckse mit einem Taschentuch auf. Von Neuem fängt er an zu schreiben.

Da klopft es - und im annähernd selben Augenblick öffnet sich auch schon die Tür.

„Herein", sagt er noch, überflüssigerweise.

Es ist eine hochgewachsene, grauhaarige, sehr schlanke Frau um die Fünfzig. Es ist die Frau, die das Dienstmädchen an den Schirm erinnerte. Ganz in dunkle, violette Seide ist sie gekleidet, bodenlang ist das enganliegende Kleid, aufwändig der fein gehäkelte Spitzenkragen.

„Was war denn los?", fragt der Junge, obwohl er alles beobachtet haben muss.

Die Frau geht ohne zu antworten zum Fenster und lugt durch die Vorhänge, doch außer den Fußspuren im Schnee ist nichts mehr zu sehen. Sie wirkt erleichtert.

„Achte um Himmelswillen auf deine Ausdrucksweise." Ihre Stimme klingt nicht angenehm. Sie spricht mit einem Akzent, der sich von dem des Jungen stark unterscheidet. Er rollt das „R", sie nicht, seine Sprache klingt weich, ihre hart, spröde.

„Der Herr hat dem Mädchen den Dienst aufgesagt."

Der Junge schaut sie an.

„Dem Mädchen den Dienst aufgesagt", wiederholt er, „der Marie?"

„Du hast mich doch gehört. Da es kein anderes Mädchen gibt – oder gab – kann es ja nur Marie sein. Sie wollte unbedingt eine Erhöhung ihres Lohns erreichen, was Ihr Vater ihr nicht gewähren kann. Und nun möchte ich von dieser Angelegenheit nichts mehr hören."

Sie bleibt vor dem Fenster stehen. Mit einer nervösen Bewegung streicht sie das Haar zurück. Über den Schläfen ist ihr Schädel auf beiden Seiten eingedrückt - wie bei einer ramponierten Puppe. Dies muss bei der Geburt geschehen sein, als der Arzt das widerstrebende Kind mit einer Zange aus dem Mutterleib holte.

Der Frau zieht jetzt den Klavierhocker heran und lässt sich neben dem Jungen nieder, er weicht mit seinem Stuhl etwas aus und stellt den Abstand wieder her.

„Was arbeitest du gerade, Max?"

„Ich übersetze, aus dem Lateinischen." Er greift nach einem Wörterbuch und blättert darin, obwohl er es vorhin nicht benötigt hat.

„Zeig her", sagt die Frau und liest, was der Junge zuvor geschrieben hat. „Deine Schrift ist zu fahrig, du weißt genau, dass man an der Schrift den Charakter erkennt! Es gibt keinen Grund, so zu schreiben. Du hast alle Zeit der Welt."

„Bitte, Fräulein von Borgh, ich bin kein kleines Kind mehr."

Sie sieht den Jungen von der Seite an, studiert regelrecht sein Gesicht, seinen Ausdruck. Er schaut unbewegt geradeaus, obwohl ihm ihr Blick sehr bewusst sein muss. Nur an einer Bewegung des Kiefermuskels lässt sich erkennen, dass er sich anspannt, die Zähne zusammenbeißt. Nach einer Weile spricht die Frau weiter.

„Nein, wahrhaftig nicht. Im Übrigen habe ich wieder vergessen, dass ich ja zum Sie übergehen sollte. Es wäre eine gute Gelegenheit, das heute ein für allemal zu tun. Heute, wo doch Ihre Reife so klar zu Tage tritt."

Die Stimme der Frau klingt jetzt anders. Leiser, verbindlicher. Ein Plauderton soll es wohl sein, sie steht auf, streift mit der Hand über den Globus neben Max, setzt ihn in Bewegung, geht zur Tür.

„Also, bitte erinnern Sie mich daran, wenn ich es wieder vergessen sollte. Und ich persönlich würde nicht den Hund auf einem Sofa liegen lassen, auf das sich Besucher setzen."

„Bitte lassen Sie Percy in Frieden, er schläft. Auf seiner Decke", sagt Max. Doch das Fräulein von Borgh winkt nur ab und verlässt den Raum, gleichzeitig ein Mädchen hereinlassend, das vor der Tür gewartet haben muss. Dieses Mädchen, in ein zartgelbes Kleid mit vielen Rüschen und Spitzen gekleidet, ist ganz sicher kein Dienstbote.

„Was ist, Amelie?", fragt er.

„Nichts, was soll denn sein, Brüderchen? Ich will nur wissen, was du treibst, und außerdem habe ich Neuigkeiten."

„Meinst du Marie? Das weiß ich doch schon."

„Ich verstehe das überhaupt nicht", spricht Amelie weiter, "sie wollte unbedingt mit Vater sprechen, sogar ins Atelier ist sie hinein, und er hat sich entsetzlich aufgeregt, hast du ihn gehört? Die Oberhofer stand nur da und hat die Hände über dem Kopf zusammengeschlagen und das Fräulein hat mich weggescheucht."

„Die Borgh hat gesagt, dass sie mehr Geld wollte. Und Vater wollte nicht zahlen", sagt Max."

„Mehr Geld?", wiederholt Amelie verständnislos. „Und deswegen benimmt sie sich so? Das hätte sie aber auch anders sagen können. Und wozu bräuchte sie überhaupt mehr Geld? Sie hat doch alles von uns bekommen."

Dann lässt sie diese Überlegungen hinter sich und tritt näher an Max heran, der mit gespielter Resignation den gerade aufgenommenen Federhalter wieder weglegt.

„Fällt dir eigentlich an mir gar nichts auf?", fragt sie.

Max mustert sie, kann aber offenbar nichts entdecken. Er schüttelt den Kopf.

Amelie verzieht enttäuscht den Mund. „Das ist echtes Parfum. Es heißt *Muguet*, also Maiglöckchen, gut nicht?"

„Haben sie dir wirklich nicht gesagt, warum Marie gehen musste?", fragt Max unvermittelt.

„Nein. Ich habe keine Ahnung. Aber wir finden schon wieder jemand, du wirst dir in Zukunft dein Bett kaum selbst machen müssen."

„Aber wo geht sie jetzt hin?", fragt Max weiter.

„Sie wird schon jemand kennen. Ich wollte dir eigentlich etwas anderes erzählen, aber du musst mir erst versprechen, dass du es für dich behältst, wirst du das?"

Max hält ihr seine Hand entgegen. Und dann muss er lang zuhören.

*

Der umständlich gewundene Verlauf der Straße lässt auf ihre Herkunft aus einem uralten Weg schließen. Großzügige, vierstöckige Gebäude und geduckte, armselige Herbergshäuser wechseln einander in ungeordneter Folge ab, dazwischen sind noch Bauplätze frei. Auf einem blauen Schild an einer Hausecke steht: Ismaninger Straße.

Dunkel gekleidete Männer mit Hüten sind unterwegs, Frauen in langen Kleidern und Mänteln, die im Schnee schleifen. Und jetzt sind Rufe zu hören. Ein paar Kinder laufen um die Ecke, sie lärmen und schreien, bewerfen sich mit Schneebällen.

Mit bösen Worten mischt sich eine Frau ein, die eigentlich unbehelligt weitergehen könnte. Die Kinder bleiben aber unbeeindruckt, ihr übermütiges Lachen und Rufen wird nur noch lauter.

Doch da ist wieder das Mädchen mit dem zu dieser Jahreszeit so wenig passenden Maiglöckchenduft.

Amelie geht sehr schnell, so, als ob sie die Kälte hinter sich lassen wollte. Sie ist auf dem Weg zur Musikstunde, den Geigenkasten hat sie recht lässig unter den rechten Arm geklemmt, in der linken trägt sie ein elegantes Handtäschchen. Endlich bleibt sie am Eingang eines der mehrstöckigen Häuser stehen und drückt auf einen Klingelknopf. Kurz darauf ertönt ein Summen, auf das hin Amelie die schwere Tür mit der Schulter aufstößt.

Sie eilt, zu den „Herrschaften" zählend und den entsprechenden Aufgang wählend, ein paar Stufen hinauf, dann durch eine Schwingtür, ohne dem Treppenhaus einen Blick zu gönnen. Dabei ist es ein Kunstwerk aus blassgelben Fliesen mit bunten Blumen und Vögelchen. Sogar einen Aufzug gibt es, ein offenes Metallgehäuse. Aber Amelie verschmäht den Aufzug, läuft die mit rotem Teppich belegten Stufen zu Fuß hinauf – und kehrt bald darauf wieder zurück.

Vor der Haustür sieht sich Amelie aufmerksam um. Dann atmet sie tief durch und läuft wieder los, die Ismaninger Straße entlang, bis zu einem belebten Platz.

Dort hat sie ihr Ziel erreicht. Neben einem Warte- und Toilettenhäuschen steht eine kastenförmige Kutsche, die Fenster bis auf einen schmalen Schlitz mit Vorhängen verschlossen, sodass man den oder die Insassen nicht sehen kann. Von einem Arm in schwarzem Tuch bewegt öffnet sich die Tür, Amelie steigt ein und zieht sie hinter sich zu. Auf Zuruf des Kutschers setzen sich die Pferde in Bewegung und führen die Geigenspielerin hinweg.

*

Gleich in mehreren Reihen hängen Reh- und Hirschtrophäen übereinander, sogar der nachgebildete Kopf eines Vierzehnenders schmückt den Raum. Dazwischen sind Ansichten von Bergen und Gebirgsdörfern sowie Porträts von deren Bewohnern angebracht. Die hohen Wände sind mit ochsenblutfarbenem Stoff bespannt. Rings um die Decke läuft eine Stuckleiste, ein Kronleuchter erhellt den Raum. Auch an der Wand neben der Tür befinden sich Gemälde:

ein röhrender Hirsch, eine greise Bäuerin auf der Hausbank, Schafe auf einer blumenübersäten Wiese. In Vitrinen sind mächtige Bierkrüge aus Zinn, Steingut und Glas sowie Tierfiguren ausgestellt, in Vasen und Krügen bewahrt man Getreidegarben und gepresste Blumen auf. Bis zum Boden reichen die schweren Samtvorhänge, sie sind dicht geschlossen.

Vier Personen sitzen um den Tisch, sie sitzen gerade, ohne mit dem Rücken die ohnehin wenig einladend wirkende Lehne zu berühren. Eine dieser Personen ist Max, der nun ein hochgeschlossenes weißes Hemd mit sichtlich unbequem engem Kragen und eine dunkelgrüne Strickweste trägt, dann der Bärtige sowie die Zangengeborene und Amelie.

Die von Borgh sitzt dem Hausherrn gegenüber am Ende des Mahagonitisches, Max und seine Schwester sitzen einander ebenfalls gegenüber etwa in der Mitte.

Die Köchin bringt eine tiefe Schüssel mit braungräulichen Streifen von Lunge, geht, bei dem Bärtigen beginnend, von einem zum anderen und schöpft den Teller voll. Der Bärtige trinkt Bier, dunkles Bier aus einem hohen Glaskrug, die anderen trinken roten Tee aus chinesischen Porzellantassen. Zur Lunge gibt es Brot in dicken Scheiben.

„Wissen S' jetzt jemanden?", fragt er, als die Köchin den Brotkorb vor ihm abstellt.

„Gnädiger Herr, meine Nichte Apollonia würde eine Stellung suchen, sie ist letztes Jahr aus der Schule gekommen. Und wenn ich sagen darf - "

Der Bärtige hat ihr mit einem Wink zu schweigen geboten.

„Nun, wollen wir den Versuch wagen?", fragt er und schaut die von Borgh an. Diese zuckt ein wenig resigniert mit den Schultern. Dann greift sie wortlos nach der Teekanne und schenkt sich ein, auch Max und seiner Schwester füllt sie noch einmal die Tassen, während der Bärtige seine Entscheidung bekanntgibt: „Dann schreiben S' ihr halt, dass gleich herkommen soll, vierte Klasse wird ersetzt, zwölf Mark mit voller Kost und Logis."

„Zehn Mark genügen auch, das Mädchen hat offenbar keine Erfahrung im Dienst", wendet die von Borgh ein. Das lässt die Köchin so nicht gelten.

„Doch, die Erfahrung im Dienst hat sie schon. Sie hat bei einer Witwe geholfen, die aber jetzt zu ihrer Tochter zieht, und außerdem hat sie daheim auf dem Hof von klein auf mitgearbeitet. Alle waren mit ihr zufrieden."

„Zehn Mark sind für den Anfang mehr als genug", entscheidet der Hausherr, „später können wir immer noch weitersehen."

Die Köchin wirft der von Borgh einen verärgerten Blick zu, sagt aber nichts mehr. Mit einem „sehr wohl" verlässt sie den Raum.

„Gut, dass die Oberhofer jemand weiß." Im Vollbart ist ein Stückchen Lunge hängen geblieben.

„Eine aus dem Kongo!" Amelie bricht in Kichern aus, „die wird sich schön anstellen, so als Landei."

„Fräulein Amelie", mahnt die von Borgh."

Amelie spitzt angesichts dieser Ermahnung die Lippen. Max schaut konzentriert auf seinen Obstteller. Er isst einen Apfel, und zwar mit Messer und Gabel. Erst schneidet er den mit der Gabel auf dem Obstteller fixierten Apfel in der Mitte durch, dann teilt er auf gleiche Weise eine Hälfte, spießt ein so entstandenes Viertel auf, schneidet die Schale ab und das Kernhaus heraus. Nun legt er das Viertel wieder zurück und teilt es erneut, führt schließlich ein Apfelstückchen mit der Gabel zum Mund.

„Amelie", spricht jetzt der Bärtige nach einem langen Zug aus seinem Bierkrug, „wie ich ein Bub war, damals in Aichach, da hat man rein gar nichts gehabt. Ein Maurer ist mein Vater gewesen, der war im Sommer einmal hier und einmal dort und im Winter den ganzen Tag daheim. Neun Geschwister waren wir. Keine Schuhe, keine Bücher, alle Tag bloß Milchsuppe und altes Brot; wenn ich nicht einmal mit dem Gänsestecken unseren Pfarrer in den Sand gezeichnet hätte und wenn er nicht per Zufall dahergekommen wäre und gesagt hätte, dass ich eine Begabung habe und dass er mir hilft, dann wäre ich heute auch ein Maurer und du wärst froh, wenn du einen Kittel und eine Suppe hättest. Da könntest du nicht alle Tage ausschlafen und dich dann stundenlang mit deiner Frisur beschäftigen – aber lass gut sein, Kind, du kennst es nicht anders. Wünschen tu ich dir, dass es immer so bleibt, von ganzem Herzen wünsch ich es dir."

„Es tut mir leid, Papa", sagt Amelie leise, „das war gedankenlos."

„Ist schon gut", antwortet er versöhnlich. „musst dir halt einen Mann suchen, der was hat, keinen Hungerleider so wie ich einer war."

Amelie steht auf und läuft um den Tisch herum, umarmt ihn, wuschelt in seinem Haar und drückt ihm einen Kuss auf die Stirn.

„Mein lieber Papa", sagt sie und dieser wird ihr nun sicher endgültig verziehen haben, denn er streichelt Amelies Unterarm und klopft ein paarmal beruhigend darauf.

„Bei dieser Dienstbotenknappheit ist das heute nicht so einfach", kommt die von Borgh auf das eigentliche Anliegen zurück, „und ein Vermittlungsbüro verlangt eine nicht unerhebliche Gebühr." Sie bereitet nun ebenfalls einen Apfel zum Verzehr vor, bedient sich derselben Vorgehensweise wie Max.

„Die vom Land sind anständiger als die aus der Stadt", sagt der Bärtige, streicht durch seinen Bart und stößt auf das Stückchen Lunge. Er lässt es in der Serviette verschwinden. „Im Allgemeinen zumindest. Die haben auch nicht diese überzogenen Ansprüche. Einem Dienstmädchen aus der Stadt müsste ich ja glatt ein Automobil bieten, und einen Fernsprechapparat gleich dazu."

„Das wäre so schön, Papa! Und so praktisch für dich und für uns alle."

„Wie fein, Amelie, dass du so an mich denkst. Es geht aber nicht, wir sind zu weit draußen. Man müsste ja eine eigene Leitung zu uns führen, dieser Aufwand ist viel zu groß. Musst halt Briefe schreiben, an deine Freundinnen, wenn du es bis zum Wiedersehen nicht abwarten kannst."

„Aber in der Sternwarte haben sie ein Telefon. Damit könnten wir uns doch irgendwie verknüpfen, oder nicht, Papa?" Amelie will nicht so leicht aufgeben, doch sie hat ihrem Vater das Stichwort zu einem kleinen Vortrag geliefert.

Pioniere der Nachrichtenübermittlung hätten sie als Nachbarn, erklärt Jungbluth, die schon vor mehr als einem halben Jahrhundert eine Telegraphenleitung aus Kupferdraht bis hinüber zur Akademie der Wissenschaften in der Neuhauser Straße geführt hätten, über Gebäude oder 15 Meter hohe Floßbäume, und noch weiter bis zu Steinheils Sternwarte in der Schwanthalerstraße.

Doch Amelie hat an diesem Exkurs kein Interesse und so ist es für das Fräulein von Borgh ein Leichtes, sich einzuschalten und das Gespräch auf den Geigenunterricht und auf Amelies Fortschritte darin zu bringen.

Amelie, nun wieder an ihrem Platz sitzend, lügt schlecht. Nicht nur, dass sich ihre Gesichtsfarbe zum

Rötlich-Gefleckten hin verändert, als sie von den geprobten Mozartsonaten und von Fräulein Mendels ermutigendem Lob erzählt, es ist ihr auch anzumerken, dass sie das Geigenspiel und den Musikunterricht als Gesprächsgegenstand hinter sich lassen möchte, was die von Borgh nur noch genauer nachfragen lässt. Und dann ist es geschehen. Sie werde selbst bei nächster Gelegenheit einmal mitkommen, um mit der geschätzten Lehrerin Amelies Fortschritte zu besprechen, kündigt die Hausdame an.

Amelie verstummt und schaut hilfesuchend zu ihrem Bruder hinüber. Dieser beugt sich zu dem schwarzen Spaniel hinunter, dem er die Ohren über die Augen legen will, was der Hund aber nicht leiden kann.

„Und fassen Sie um Himmels Willen bei Tisch nicht immer den Hund an, dabei verteilt man nur Bazillen im Raum", mahnt jetzt die von Borgh.

Sie stellt das Teegeschirr auf ein Tablett, bläst die Kerze im Stövchen aus und legt die Obstteller aufeinander. Dann streicht sie einige Brösel zusammen und lässt sie über die Tischkante in einen benutzten Teller fallen. Mit dem Tablett in Händen geht sie hinaus.

„Was fängt die Marie denn jetzt an?", fragt Amelie ihren Vater, sobald sich die Tür geschlossen hat.

„Was wird sie schon anfangen? Sie sucht sich halt eine neue Stellung, die Mädchen können sich heutzutage doch aussuchen, wo sie freundlicherweise dienen wollen."

„Aber warum musste sie gehen, was hat sie denn getan? Du hast doch immer gesagt, was wir für ein Glück mit ihr haben und dass du sie am liebsten mit einer Eisenkugel anbinden würden, weil sie so tüchtig und so brav ist."

„Wahrscheinlich hat ihr jemand den Floh ins Ohrgesetzt, dass sie zu wenig verdient. Sie hat gemeint, sie findet leicht etwas Besseres und als ich sie nicht vor dem Ziel entlassen wollte, ist sie außer Rand und Band geraten. Aber bring jetzt das Geschirr in die Küche, lass das Fräulein nicht alles alleine tun."

Mit diesen Worten steht er auf und öffnet die Schiebetür, die das Speisezimmer mit dem Salon verbindet. Seine bloßen Füße stecken trotz der kalten Jahreszeit in geflochtenen Sandalen. Er legt sie, sich in einem Ledersessel niederlassend, auf den genau in der richtigen Entfernung befindlichen Schemel.

„Du hast ja gar nichts dazu gesagt, Max", ruft er herüber, „ist es dir denn ganz gleichgültig, was aus Marie wird?"

Max nimmt einen Apfel aus der Obstschale, rollt ihn mit der Handfläche über den Tisch, schickt sich an, ohne alle Zurüstungen hineinzubeißen, lässt es dann bleiben und legt den Apfel wieder zurück.

Jungbluth wartet eine Weile ab, erhält keine Antwort. Und so ergeht die Bitte an Max, ihm noch ein wenig Gesellschaft zu leisten.

*

Sehr langsam nähert sich der Zug dem Bahnhof, es ist ein Kopfbahnhof. Das Mädchen mit den langen dunkelblonden Zöpfen ist schon längst aufgesprungen und hat sich, sein Bündel fest in der Hand, an das Fenster gestellt, um nur ja nichts zu versäumen.

„Vor der Hackerbruck'n steht man nicht auf", sagt der hagere Mann im speckigen Filzjanker missbilligend, „ganz rein prinzipiell nicht."

Erst als der Zug unter der schmiedeeisernen Bogenkonstruktion hindurchfährt, erhebt er sich umständlich und zieht einen Korb unter dem Sitz hervor. Zwei schwarzgetupfte weiße Hasen sind darin, denen er halblaut gut zuredet, bis der Zug zum Stillstand gekommen ist. Dann schiebt er das Fenster nach unten und greift mit der Hand nach draußen, um die Waggontür zu öffnen - so wie es auf dem Schild unter dem Fenster vorgeschrieben ist.

Die Tür geht endlich auf, das Mädchen springt an ihm vorbei auf den Bahnsteig. Es wendet sich noch einmal nach ihm um.

„Alsdann."

Statt einer Antwort lüpft er den Hut.

Das Mädchen läuft ein paar Schritte, dann bleibt es auf dem Bahnsteig stehen, zieht die Luft tief ein und atmet genauso kräftig wieder aus. Sein Blick erfasst die vierschiffige Einstiegshalle, die kühnen Verstrebungen, das gute Dutzend Gleise, die runden Lampen aus Milchglas, die passenden dreiteiligen Wandleuchten.

„Dienstmann", tönt es von hier und dort, doch das Mädchen nimmt die Hilfe der Männer mit den Mützen nicht in Anspruch und trägt seinen Schließkorb allein. Am Gleis 7, hinter der Absperrung, die Abholende und Tagediebe gleichermaßen vom Bahnsteig fernhält, steht beim Schild „Personenzug Landshut-München" die Köchin aus der Villa und winkt aufgeregt.

Sie sieht heute gar nicht aus wie eine Köchin, eher wie eine Bürgersfrau, die sich für den Sonntag feingemacht hat, mit einem großen Hut und einem langen Mantel. Eine Hand hat sie in einem Pelzmuff verborgen, mit der anderen winkt sie immer noch. Das Mädchen beschleunigt seinen Schritt.

„Tante Berthl", ruft es mit einer auffallend klaren Stimme, „Tante Berthl!"

„Bist da, Loni!", begrüßt die Köchin ihre Nichte.

Sie nimmt Loni bei der Hand und führt sie durch die vielen Menschen hindurch auf den Bahnhofsplatz hinaus. Hier liegt kaum Schnee, nur grauer, nasser Matsch, durch den die Damen mit gerafften Röcken schreiten, während die Herren sich resolut ihren Weg bahnen, immer darauf achtend, nicht einem Pferdeomnibus oder einem Fiaker in den Weg zu laufen, was angesichts der allgemeinen Betriebsamkeit und Eile leicht geschehen könnte. Das Mädchen bleibt stehen und saugt wieder die ungewohnte Luft ein.

„Das sind die Brauereien", erklärt die Tante ungeduldig, „da gewöhnst dich dran, und bei uns draußen riechst du das sowieso nicht!"

Warum steht denn da „Bayerischer Hof" darauf?", möchte Loni wissen, „gehört die Kutsche dem Prinzregenten?"

„Das ist ein Hotel", antwortet die Köchin, „dann wissen die Leute gleich, wo sie einsteigen müssen, jetzt geh endlich weiter."

Das Mädchen schaut noch einmal zum Bahnhof zurück. Großzügig und urban wirkt er, mit den Querstreifen aus rötlichem und weißem Sandstein, mit den Arkadengängen an der Front und den vielen Fenstern.

„Müssen wir weit gehen zu den Herrschaften?", fragt Loni dann.

„Wir gehen nicht, wir fahren."

„Mit so einer Kutsche?" Loni ist begeistert.

„Nein, mit der Elektrischen."

Loni nickt und klopft auf ihre Jackentasche.

„Schau", erklärt die Köchin, als sie dann zwei Billetts erstanden hat und neben ihrer Nichte sitzt, „da oben, in der Leitung, da fließt der elektrische Strom. Und der treibt die Trambahn an, da braucht's gar keine Pferde mehr. Der Fahrpreis ist immer 10 Pfennig, du nimmst immer die gelbe Linie, und aussteigen musst du an der Endstation, Höchlstraße in Bogenhausen, kannst du dir das merken?"

„Freilich", antwortet Loni und schaut mit weit aufgerissenen Augen nach draußen. Hin und wieder nennt die Köchin einen Namen: Schützenstraße,

Grandhotel Bellevue, Stachus, Karlstor, Augustinerkirche, St. Michael, Frauenkirche. Cafés, Korsett- und Zigarrengeschäfte, Hutläden und Frisörsalons, Apotheken und Modehäuser ziehen vorbei.

Am Marienplatz steigen sie aus, um Loni vorschriftsgemäß in der Stadt München anzumelden. Die Köchin eilt ihr voraus, an der im Winter stillgelegten Baustelle am Rathaus vorbei, nach rechts in die Weinstraße. Loni versucht mit dem sperrigen Gepäckstück Schritt zu halten, so gut es geht. Mehrmals kann sie aber doch nicht widerstehen und wirft einen Blick in die Auslagen der Hoflieferanten oder auf auffallend gekleidete Damen.

Die Königliche Polizeidirektion arbeitet angemessen effizient und Loni erhält ohne Umstände die erforderliche Aufenthaltskarte und einen Stempel in ihr Dienstbuch. Wieder zurück in der Elektrischen geht es weiter durch das Tal und nun gibt die Köchin der Nichte einige Erklärungen, vor allem praktischer Art. Erst zum Klima und zu erforderlichen Vorsichtsmaßnahmen.

Vor allem aufgrund des gefürchteten Fallwindes könne der Wechsel der Temperaturen überraschend und so bedeutend sein, dass aus einem harmlos scheinenden Unwohlsein schnell ein Fieber hervorgehe. Jetzt, im Winter, aber auch in der Übergangszeit solle Loni immer warme Unterkleidung tragen, damit sie nicht etwa einen Kattarh oder eine Blasenentzündung bekomme.

Der Fluss wird überquert und die Fahrt führt nach Norden. Die Köchin erzählt vom Lehmgebiet und von den Ziegeleien im Osten der Stadt München, erwähnt, dass auf den alten Chausseen das Salz aus den Bergen herangekarrt wurde, ohne das es die Stadt München überhaupt nicht gäbe. Dann ist die Endstation erreicht, an der die Trambahn wenden wird.

Von hier sei es nicht mehr weit, überaus praktisch sei diese Verkehrsanbindung, erklärt die Oberhofer beim Aussteigen. Der Gnädige habe vorausgesehen, dass sie kommen werde, als er sich für den Standort seines Wohnhauses entschieden habe. Am Anfang seien sie fast allein gewesen, hier draußen zwischen Bauern und der Sternwarte, aber mittlerweile sei alles abgeziegelt und nach und nach werde die Gegend bebaut und zwar nicht gerade von den Armen. Der Weg werde demnächst gepflastert.

„Er weiß immer viel im Voraus, der Jungbluth, das liegt an seinen guten Verbindungen", endet die Köchin, als sie ihre Nichte durch das Gartentor und in Richtung Dienstboteneingang geleitet.

Sie führt das Mädchen hinunter in die Küche, heißt es sich hinsetzen. Loni bestaunt den Herd, Schränke und Regale voller Kochgeräten und Behältnissen, allerlei moderne Apparate. Tadellos sauber ist alles, die Geschirrtücher hängen gefaltet an den Holzstäben über dem Herd, und die Messer sind der Größe nach über der meterlangen Arbeitsplatte angeordnet. Neben der Küchentür hängt ein Abreißkalender.

Es ist Montag, der 22. Januar 1900. Aus dem Nebenraum kehrt die Köchin ohne Mantel und Muff zurück. Sie nimmt eine Schürze von einem Haken an der Wand und bindet sie um.

Dann setzt sie sich zu ihrer Nichte an den Tisch.

„Wenn wir zu den Herrschaften hinaufgehen, begrüßt du zuerst den gnädigen Herrn. Du machst einen Knicks und sagst: Grüß Gott, gnädiger Herr. Dann begrüßt du die Borghsche, also das Fräulein von Borgh, und sagst: Grüß Gott, gnädiges Fräulein. Und vergiss nicht den Knicks. Und wenn sie dir die Hand gibt, oder er, dann nimmst du sie und drückst sie, aber bloß ganz leicht, und ja nicht vorher und von selber, hast du gehört? Dein Dienstbuch und die Aufenthaltskarte nehme ich."

Loni nickt. Sie zieht ihre wattierte, überlange Jacke aus und es kommt ein vom häufigen Waschen stark ausgebleichtes blaues Kleid zum Vorschein. Die Köchin holt Hausschuhe für sie, stopft Lonis nasse Schuhe mit Zeitungspapier aus und stellt sie vor den Ofen. Loni muss sich die Hände und das Gesicht waschen.

Nachdem sie ihr noch ein paarmal über das Haar gefahren ist und widerspenstige Strähnen mit Spucke angeklebt hat, führt die Oberhofer ihre Nichte die Treppe hinauf, durch einen kahlen, weißgetünchten Vorraum in die Diele und von dort in den Salon.

Loni wird auf das dröhnende „Herein" hin in den Raum geschoben, bewegt sich zögernd vorwärts.

„Verzeihung, die Herrschaften", sagt die Köchin hinter ihr, „hier ist das neue Dienstmädchen, meine Nichte Apollonia Brandstetter, von Mamming."

Sie versetzt Loni einen leichten Stoß in den Rücken, diese geht drei, vier Schritte auf ihre zukünftigen Herrschaften zu und knickst dann vor der von Borgh, die mit einer Näharbeit auf dem Sofa sitzt.

Dann wendet sie sich Jungbluth zu: „Grüß Gott, gnädiger Herr." Loni knickst auch vor ihm, schnellt nach oben. Auf ihrem Gesicht ist Erstaunen zu lesen, wohl über den Aufzug des Jungbluth. Er trägt wiederum ein bodenlanges, nunmehr aber reich besticktes Gewand, das von einer Schärpe zusammengehalten wird.

„Grüß dich Gott, Apollonia. Du willst also die neue Hausbeamtin werden?"

„Schon", antwortet Loni.

„Ich habe gehört, du bist bereits im Dienst gewesen?", fragt er.

„Ja, wie gesagt, bei der alten Frau Rehm in Landau, die Apothekerswitwe", mischt sich die Köchin ein, „sie zieht zu ihrer Tochter und braucht sie nicht mehr. Aber sonst hätte sie Loni gern behalten."

„Gut", gibt sich der Bärtige zufrieden, „also dann probieren wir es halt mit dir. 10 Mark im Monat, plus volle Kost und Logis, das wirst du ja schon wissen. Und eins: An Lichtmess bekommst du nicht frei, weil du ja gerade erst angefangen hast. Da kann ich nicht schon einen Urlaub geben. Und Einstandsgeld gibt's auch keins, aus genau dem gleichen Grund."

Nun führt das Fräulein von Borgh das Gespräch fort und verlangt die Dokumente, die die Köchin ihr aushändigt. Die Hausdame blättert in Lonis Dienstbuch.

„Sehr aussagekräftig ist das nicht. Nun: Führe dich gut, dann wirst du hier dein ehrliches Auskommen haben. Und bemühe dich, auf den Gebrauch der Landessprache zu verzichten." Die von Borgh begutachtet auch die Aufenthaltskarte, findet nichts auszusetzen.

„Ich nehme beides für dich in Verwahrung. Komm jetzt mit, dann zeige ich dir deine Kammer und das Haus. Sie werden nicht mehr benötigt, Bertha."

Sie geht Loni voran, ohne dass es zu einem Schütteln der Hände gekommen ist.

„Und danach gleich Schneeräumen", ruft Jungbluth hinterher.

Die Hausdame führt Loni in die Dienstbotenkammer. Von der Diele aus geht sie auf der Treppe voran, immer ganz exakt tritt die von Borgh auf die Mitte jeder Stufe, ohne den Handlauf auch nur einmal in Anspruch zu nehmen. Nach dem ersten Stockwerk wird die Treppe steiler und schmaler, kein Teppich liegt mehr auf den Stufen und kein Bild erfreut das Auge.

„Ordnung ist die Seele der Wirtschaft, also das, woran man bei jeder Arbeit und immerzu denken muss", sagt die Hausdame auf den letzten Stufen. „Und", sie wendet sich oben angekommen zu dem Mädchen um, „alleräußerste Rücksicht ist zu nehmen auf die Arbeit des Herrn, denn er ist, wie du wohl schon wissen wirst, Apollonia, ein Künstler!"

Nun stößt sie eine mit brauner Ölfarbe gestrichene Tür auf, ein linoleumbelegter Gang liegt vor der neuen Bediensteten.

„Hier oben gibt es keine elektrische Beleuchtung", erklärt das Fräulein, „im Leuchter ist ein Talglicht. Dabei ist natürlich Sparsamkeit und strengste Vorsicht geboten. Und ja keine Kerze. Hast du mich verstanden?"

„Schon", antwortet Loni knapp.

„Und hier ist deine Kammer."

Beide treten ein. Es ist düster, denn das runde Fenster ist dick mit Eisblumen überzogen. An der schrägen Wand steht ein Metallbett, dünn und durchgelegen ist die Matratze. Eine recht schlampig zusammengefaltete Wolldecke liegt darauf. Außer einem Spind, einem ungebeizten Tisch und einem Hocker befinden sich keinerlei Möbel im Raum. Die Füße der Dienstmädchen des Hauses haben die Strohmatte, die den Estrich nur notdürftig bedeckt, dünn und dunkel werden lassen. Auf dem Tisch steht ein kleines Bierfass.

„Du hast dieses Zimmer für dich ganz allein", sagt die Hausdame, der wohl Lonis Gesichtsausdruck aufgefallen ist, „das Bettzeug gibt dir die Köchin - und hier hinein kannst du deine Sachen tun."

Loni begutachtet den Spind, in dem einige Kleiderbügel hängen. An die Innenseite der Tür ist ein halb-
blinder Spiegel geklebt, darüber ein aus einer Zeitschrift ausgeschnittener Sinnspruch:

Bete und arbeit,

fromm, fleißig, treu,

stets freundlich und fröhlich dabei!

Die Hausdame zeigt auf das Fass: „Waschwasser
holst du dir aus der Küche. Und entleert wird im Garten, und zwar nur, wenn die Herrschaften nicht zuse-
hen. Für deine anderen Erledigungen gehst du in den
Keller, gleich neben der Waschküche. Das Wasserklosett in der ersten Etage und das beim Eingang sind für
die Herrschaften und ihre Gäste bestimmt, ich möchte
dich dort nicht erwischen! Und noch etwas: Wie ist es
denn um deine Periode bestellt?"

„Normal", sagt Loni, „warum?"

„Alles, was damit zu tun hat, besprichst du mit der
Köchin", sagt die Hausdame, „sie gibt dir auch Vorla-
gen. Und komme nicht auf die Idee, dich wegen Un-
pässlichkeiten vor der Arbeit zu drücken, das verfängt
hier nicht."

Deutlich genug. Die Hausdame demonstriert noch,
wie man das Fenster öffnet und schließt und ermahnt

Loni, es auch bei nur kurzer Abwesenheit niemals offen zu lassen.

Dann führt sie das Mädchen durch das Haus. Nebenan befänden sich Abstellräume und weitere Personalunterkünfte, wie sich die Hausdame hochtrabend ausdrückt, allerdings sei sie hier oben allein, weil die Köchin im Keller schlafe. Im ersten Stock lägen das Studierzimmer des Herrn, sein Schlafzimmer, sein Ankleideraum und die Zimmer der Tochter und des Sohnes des Hauses sowie ihr eigenes Zimmer und ein Gästezimmer. Im Erdgeschoss dann die Diele und der Salon sowie das Speisezimmer, das Herrenzimmer und ein Damenzimmer, das jedoch kaum benützt werde, außerdem noch der Garderobenraum. Dazu der Wintergarten und natürlich das Atelier.

„Soll ich das alles allein putzen?", fragt Loni.

„Wir haben eine Scheuerfrau, die stundenweise aus Haidhausen herüberkommt, und auch eine Frau, die bei der Wäsche mithilft. Allerdings bist du hier nicht im Parkhotel, dein Geld musst du dir mit ehrlicher Arbeit verdienen. Dafür bist du aber auch in einem Hause, wo das Brot nie weggeschlossen wird und wo man dir vertraut, wenn du Vertrauens würdig bist."

Damit beendet das Fräulein von Borgh die erste Einweisung.

Keine drei Minuten später waltet Loni ihres neuen Amtes. Das Scharren der Schneeschaufel durchdringt die Stille und der Schnee knirscht unter ihren klobigen Schuhen, die sie noch feucht wieder angezogen hat.

Erst legt sie den Weg zum Haus frei, dann bestreut sie ihn auf eine aus dem Fenster gerufene Anweisung der von Borgh hin mit Kies, der in einem Eimer unter der Treppe bereitsteht. Leichter Schneefall hat eingesetzt.

Loni achtet nicht auf Max, der mit dem Cockerspaniel am Gartentor stehengeblieben ist. Der Urin des Hundes färbt den Schnee und Max häuft mit der Schuhspitze sorgfältig einen Hügel darüber. Jetzt aber sieht sie von ihrer Arbeit auf. Mit der einen Hand stützt sie sich auf die Schaufel, die andere stemmt sie in die Hüfte. Loni atmet schwer und streicht sich ungeduldig die Flocken aus den Wimpern, um besser sehen zu können. Wie ein höheres Wesen muss Max ihr erscheinen, mit seinem Tweedmantel, dem sorgfältig um den Hals geschlungenen schottischen Schal, der Hundeleine in den behandschuhten Händen.

Als Max Lonis Blick bemerkt, geht er rasch und ins Weite schauend an ihr vorbei, die Stufen zum herrschaftlichen Eingang hinauf. Aber der Spaniel folgt ihm nicht. Loni kniet nieder und streichelt ihn mit beiden Händen, bis er Max endlich gehorcht.

Nicht viel später kommt auch Amelie nach Hause, mit ihrem Geigenkasten unter dem Arm. Auch sie grüßt nicht, sondern verlangsamt nur ein wenig ihren Schritt und lächelt unbestimmt. Loni nickt Amelie kurz zu, wie einer zufälligen Passantin.

Erst als alles zur Zufriedenheit der Hausdame erledigt ist, darf Loni ihren Schließkorb leeren und ihre Habseligkeiten im Schrank verstauen. Es ist nicht viel:

ein zweites Paar Schuhe, ein Wollrock, mehrere Blusen, gestrickte Strümpfe, zwei Nachthemden, einige Wäschestücke und ein Beutel, den sie neben das Fass legt.

*

Loni. Das Mädchen möchte lieber Loni genannt werden, und nicht Apollonia. Die Tante will dies auch so halten, aber nur, wenn sie alleine seien. Der Name Loni klinge nämlich zu vertraulich, zu ländlich auch, den nehme die Borgh nie und nimmer in den Mund, hat sie erklärt. Und Loni fand, dass sie darauf auch gut und gerne verzichten könne.

Loni sieht verändert aus. Über dem Baumwollkleid befindet sich jetzt eine lange weiße Schürze mit der gestickten Aufschrift „Dienstbarer Geist" auf dem Oberteil. Ein „Dienstbarer Geist" ist dort auch zu sehen: Eine Art Wichtel, der auf dem gekrümmten Rücken einige Holzscheite schleppt.

Loni singt. Es ist ein trauriges Lied, von einem Mariechen, das samt seinem Kind weinend in einem Garten sitzt. Doch Lonis Gesichtsausdruck ist bei alledem recht fröhlich. Nun sieht sie sich erst einmal in aller Ruhe um.

Es ist ein typisches Knabenzimmer und immer noch sitzt ein von zärtlichen Kinderhänden abgegriffener Teddybär auf dem Bücherregal und schaut mit dem ihm verbliebenen Knopfauge freundlich herab. Zinnsoldaten paradieren in strenger Ordnung vor ihm und sogar eine Käfersammlung hat der Bewohner einmal begonnen, aber nicht weit fortgeführt.

Loni nimmt einiges in die Hand, um es genauer betrachten zu können, Zurückhaltung in dieser Hinsicht scheint sie nicht zu kennen. Vor allem die Fotografie einer Frau im Abendkleid hat es ihr angetan. Diese sieht sich über ihre rechte Schulter nach der Kamera um. Hell und rund ist diese Schulter, schlank der Hals mit der mehrfach geschlungenen Perlenkette. Die Frau lächelt dem Betrachter zu, es ist das Lächeln von Max.

Loni stellt das Bild an seinen Platz zurück und beschäftigt sich mit dem Globus auf dem Schreibtisch. Sie dreht ihn, immer wieder treibt sie ihn an, schneller.

Dann geht sie zum Klavier. Erst bestaunt sie es nur, dann klappt sie den Deckel auf und streicht vorsichtig über die Tasten, schlägt eine davon an, mehrere, was die Hausdame auf den Plan ruft.

„Was fällt dir ein! Du hast hier nichts, aber auch gar nichts anzufassen, es sei denn, es gehört zu deiner Arbeit! Nun", fährt die von Borgh fort, „mach einmal dieses Bett vor meinen Augen, damit ich sehe, wie du an die Aufgabe herangehst!" Sie tritt zwei Schritte zurück, verharrt abwartend.

Loni nimmt das gestreifte Flanellnachthemd, legt es recht und schlecht zusammen und platziert es - übergangsweise - auf dem Schreibtisch. Dann schüttelt sie das Kopfkissen einige Male und zieht an der Wolldecke, die jedoch unter der Matratze eingesteckt ist. Endlich gelingt es Loni, sie zu lösen. Sie legt die Decke zusammen und hängt sie über das Fußteil des Bettes.

Die Hausdame hat offenbar genug gesehen.

„Du damlige Marjell!"

Sie schubst Loni energisch zur Seite. Gleich ist sie beim Fenster und reißt es auf. Winterluft strömt herein.

„Erst lüften, immer jedes Zimmer lüften, bevor du überhaupt nur einen einzigen Finger rührst, immer als allererstes lüften!"

„Das wollte ich noch machen", widerspricht Loni, die Hausdame geht darauf gar nicht ein.

„Das Plumeau", befiehlt sie. Loni schleppt es zum Fenster und will es ausschütteln.

„Nicht so!"

Wieder stößt die Hausdame Loni zur Seite und legt das Federbett so auf das Fensterbrett, dass sich eine Hälfte im Freien befindet, schüttelt und klopft diese aus. Nach erfolgtem Wenden und Bearbeiten der zweiten Hälfte zieht sie das Laken vom Bett, faltet es zusammen und legt es über den Stuhl. Sie greift nach dem ersten Element der dreiteiligen Matratze.

„Merk auf!"

Die Hausdame geht Loni voran auf den Balkon des nebenan liegenden Gästezimmers und beginnt dort, mit einem auf dem Schrank aufbewahrten Teppichklopfer auf das Teil einzuschlagen.

„Vielleicht fasst du auch einmal mit an", sagt sie scharf. Und so folgt ein Klopfen, Zurücklegen, Entnehmen, ein Wieder-Einpassen und Ausstreichen, bis das Bett tadellos daliegt, das Paradekissen vom sauber gefalteten Nachthemd gekrönt.

Loni ist außer Atem geraten, auch der von Borgh sieht man die Anstrengung an. Sie macht sich an ihrer kunstvollen Frisur zu schaffen, aus der sich mehrere Strähnen gelöst haben.

Doch etwas fehlt noch: Nachdem sie Loni befohlen hat, an Ort und Stelle zu warten und sich auf keinen Fall wegzubewegen, kehrt die von Borgh mit dem Teppichklopfer zurück. Mit dessen Stiel glättet sie sorgfältig das Bett.

„Siehst du, Apollonia", triumphiert sie endlich, „so wird das gemacht!"

Loni wirkt ein wenig aufmüpfig, wie sie so die Unterlippe vorschiebt und schweigt. Das scheint auch die Hausdame zu finden, denn sie ist mit ihrer Belehrung noch nicht am Ende.

Wenn eine Sache erledigt sei, sagt sie, solle ein Dienstmädchen sich immer erkundigen, was als nächstes folge. Und zwar in einer Weise, die willige Bereitschaft erkennen lasse.

„Was kommt jetzt?", fragt Loni.

„Das habe ich mir gedacht", sagt die von Borgh schneidend, „und die Oberhofer hat mir weismachen wollen, du seist ein vollwertiges Alleinmädchen, dass ich nicht lache! Es heißt so: Was wünschen gnädiges Fräulein, dass ich als nächstes erledige?"

Dann belehrt sie Loni noch, dass die Herrschaft nie direkt mit „Sie", sondern immer mit „gnädige Frau", „gnädiger Herr", „gnädiges Fräulein" anzusprechen sei, wie selbstverständlich auch alle Gäste.

„Also?", fragt die von Borgh. „Wie erkundigst du dich nach deiner nächsten Aufgabe?"

„Gnädiges Fräulein, was soll ich jetzt erledigen?", sagt Loni überlaut.

„Leiser, Apollonia, aber wir wollen das einmal gelten lassen, wenn es auch nicht ganz meine Worte sind. Als nächstes gehst du in die Küche hinunter und lässt dir Spiritus und ein Wolltuch geben. Damit reinigst du das Fensterbrett, und zwar vorsichtig, verstanden? Dann machst du mit den anderen Schlafzimmern hier oben weiter, und zwar genau, wie ich es dir gezeigt habe, ich sehe es mir an! Hast du verstanden?"

„Ja", sagt Loni, verbessert sich angesichts des säuerlichen Gesichtsausdrucks ihrer Vorgesetzten aber zu einem „Ja, gnädiges Fräulein."

„Sie ist so streng", beschwert sich Loni in der Küche bei ihrer Tante, die mit dem Reinigen der Töpfe beschäftigt ist. „Und sie redet so komisch, manchmal verstehe ich gar nicht, was sie meint."

„Sie ist eben so", sagt die Köchin, „sie kommt aus einer vornehmen Familie und wahrscheinlich ist sie gar nicht gern Hausdame, weil sie halt auch nur ein besserer Dienstbote ist und eine eingeärgerte alte Jungfer noch dazu."

Das Fräulein von Borgh - ein besserer Dienstbote? Das Verhalten des Fräuleins zielt klar darauf ab, gerade diesen Gedanken nicht aufkommen zu lassen.

„Sie ist aus Danzig", erklärt die Köchin noch und entnimmt einem Regal den gewünschten Spiritus. „Da hat sie es bei uns herunten weiß Gott nicht leicht!"

„Warum ist sie dann hergekommen?" Lonis Bemerkung ist mehr eine Feststellung als eine Frage.

Sie hält die Spiritusflasche in der einen, den Putzlumpen in der anderen Hand, schaut auf die Flasche, auf den Lumpen – so als ob sie beides auf seine grundsätzliche Tauglichkeit befragen müsste. Ihr Blick wandert durch den Raum, durch die Küche mit ihren vielen Behältnissen, Geräten, Vorrichtungen, die alle dazu da sind, die angemessene Ernährung und Versorgung einer ihr ganz fremden Familie zu gewährleisten.

*

Vor der Haustür steht ein Herr, der noch einige Vorbereitungen trifft. Er zieht die Handschuhe aus und verstaut sie in den Manteltaschen. Er nimmt den Zylinder ab und streicht sich über das schon lichte Haar, das mit reichlich Pomade in gefällige Form gebracht wurde. Er knöpft den Mantel auf und holt ein Taschentuch hervor, mit dem er sich erst über die Nase, dann über die Schuhspitzen fährt, er krempelt die zum Schutz vor Nässe hochgeschlagenen Hosenbeine hinunter.

Das Fräulein von Borgh hat ihn längst, schon am Gartentor, erblickt und ist in die Küche geeilt, wo das neue Dienstmädchen mit der Köchin am Tisch sitzt und Kaffee trinkt. Große Tassen haben die beiden vor sich, und in den Kaffee tauchen sie Brot ein, das sie dann schnell und in weit nach vorne gebeugter Haltung in den Mund schieben, bevor es sich in dem nassen Milieu auflöst. Die von Borgh findet offenbar nichts dabei, die beiden bei ihrer bescheidenen Pause zu unterbrechen.

„Allez, allez", ruft sie. „Das Mädchen soll öffnen, rasch!"

Nun zieht der Besucher die Klingel.

Die Hausdame schiebt Loni vor sich her die Treppe hinauf.

„Du sagst: Grüß Gott, wen darf ich melden? Und dann meldest du mir, dass es Herr Dr. Morelli ist."

Mit diesen Worten schubst sie Loni in Richtung Haustür und verschwindet im Salon.

Loni öffnet.

„Grüß Gott", sagt sie.

„O là là, ein neues Gesicht?", erwidert der Herr statt eines Grußes.

„Grüß Gott?", sagt Loni noch einmal.

„Ist der Großmeister zu sprechen, mein kleines Fräulein?"

„Der wer?"

„Der Pinselkönig, der Meister der Hirsche und der Buschwindröschen, der Malerfürst Balthasar Jungbluth!" Dem Besucher ist die Freude über die eigenen Formulierungskünste und die Verwunderung des Dienstmädchens deutlich anzusehen.

„Mein lieber Herr Doktor!", die von Borgh drängt Loni zur Seite, an die Wand, „welch angenehme Überraschung, welch Freude."

„Meine Hand ist wie ein Eiszapfen", entschuldigt sich Morelli und empfängt die sich ihm entgegenwölbende Rechte der Hausdame, „aber bei ihrem Anblick setzt die Zirkulation wieder ein. Ich fühle förmlich, wie das Blut an die Gefäße pocht." Morelli deutet einen Handkuss an und verharrt ein wenig in dieser Position.

„Wenn Sie bitte ablegen möchten", antwortet die von Borgh unbeeindruckt.

Der Gast, nunmehr deutlich ernüchtert, drückt Loni seinen Hut in die Hand.

„Den Mantel klopfst du draußen noch einmal aus", sagt die Hausdame halblaut und dann legt Morelli Loni den schweren Pelzmantel über den Arm, als ob sie eine Art Kleiderständer wäre.

Als die Hausdame ihn plaudernd hinweggeführt hat, setzt Loni erst einmal den Zylinder auf und schlägt den Mantel ein paarmal recht gewaltsam gegen das Treppengeländer. Schließlich schafft sie Hut und Mantel in die Garderobe und kehrt in die Küche zurück.

„Wer ist es?", will die Köchin wissen.

„Ein Doktor, in einem Pelz und mit einem Zylinderhut. Morelli heißt er."

„Der? Der hat uns gerade noch gefehlt. Wahrscheinlich sitzt er wieder stundenlang herum und schlägt sich den Bauch voll, der Tunichtgut."

„Kannst ihn nicht leiden, Tante?", fragt Loni.

Die sonst so freundliche Köchin beantwortet die Frage nicht. Stattdessen warnt sie Loni vor dem Lockgeld, das die von Borgh nun demnächst einmal auslegen werde, um ihre Ehrlichkeit zu prüfen.

„So was auch", sagt Loni. „Das passt zu ihr!"

Doch da ist ein Summen zu hören. Durch einen Blick auf ein Schaltbrett mit kleinen Lämpchen sieht das Personal gleich, dass man im Salon Bedienung wünscht.

„Was ist beliebt?", fragt Loni kurz darauf.

„Herr Dr. Morelli bleibt zum Tee", antwortet die von Borgh, auf Loni zugehend. „Wir warten damit aber noch, bis Fräulein Amelie zurück ist."

Loni betrachtet den Gast, betrachtet Jungbluth. Ausführlich und in aller Ruhe. Die von Borgh hält die Hand vor ihren Magen, sodass die hinter ihr sitzenden

Herren diese nicht sehen können. Die langen Finger lässt sie einige Male in Richtung Tür schnellen.

Endlich begreift Loni. Sie dreht sich um und geht schnurstracks hinaus.

„Da habt ihr ja wieder eine echte Perle aufgetan!", scherzt Morelli und greift nach seinem Glas.

„Eher eine Kartoffel", widerspricht die von Borgh, „ein Gewächs der Erde, ungestalt und roh."

„Wie heißt denn das neue Dienstmädchen?", will der Gast wissen.

„Apollonia. Darauf muss man erst einmal kommen, draußen auf dem Krautacker." Jungbluth spült den Weinbrand ausgiebig im Mund herum und lässt ihn dann seinen Weg gemäß der Schwerkraft nehmen.

„Sie wollen halt auch etwas gelten, unsere Ökonomen", spricht er dann weiter. „Und solch ein Name macht mehr her als eine Josefa oder eine Marie, meinen sie."

„Und eure Marie? Hat ihr das Dienen nicht mehr behagt?" Morelli sieht, in Erwartung einer Antwort, erst Jungbluth, dann die von Borgh an.

In der Tat, erklärt sie, habe Marie sich verändern wollen. Schon von Anfang an sei ihr ein Künstlerhaushalt wohl nicht ganz geheuer gewesen, habe sie sich von den zahlreichen Besuchern und Geselligkeiten eingeschüchtert gefühlt, oft auch hilflos gewirkt. Morelli gibt ihr Recht. Recht drollig sei es gewesen, wie das Dienstmädchen Marie versucht habe, sich ganz besonders gewählt auszudrücken.

„Aber lassen wir die Befindlichkeiten des Personals beiseite", beschließt die Hausdame, „man würde seines Lebens nicht mehr froh."

„So sehe ich das auch", meint Jungbluth und Morelli fragt ihn gleich, wie er das neue Gesetz zur Erhöhung der Sittlichkeit in der Kunst einschätze.

„Dagegen bin ich ganz entschieden! Es gibt nämlich in der Kunst so etwas wie Sittlichkeit nicht. Es gibt nur gute und schlechte Kunst und der wahre Künstler kreist über dem gemeinen Leben wie der Adler über dem Pfuhl: frei."

Jungbluth, das letzte Wort in den Raum ausschwingen lassend, sitzt jetzt ganz aufrecht da, bereit jeden Angriff zu parieren. Dass er sich selbst als wahren Künstler sieht, ist klar genug.

„Aber", sagt die Hausdame. „Manch moderner Künstler wühlt doch geradezu im Schmutz. Ich denke, es ist angebracht, hier gesetzlich einen Riegel vorzuschieben."

„Jeder Schreibstubenhocker bildet sich heutzutage ein, darüber urteilen zu können, was Kunst ist und was nicht", widerspricht Jungbluth. „Und die Obrigkeit maßt sich an, alles und jedes regeln und reglementieren zu müssen! Wenn man gegen diese lächerliche Lex Heinze unterschreiben kann: Ich bin dabei. Auf jeden Fall bin ich dabei!"

Morelli hat, ein Lächeln auf den Lippen, zu alledem geschwiegen. Nun berichtet er, einen abrupten Wechsel des Gesprächsgegenstandes vornehmend, von einer Jagd südlich von Denning, auf der nicht weniger als fünfundsechzig Hasen und ein Dachs zur Strecke gebracht worden seien. Die von Borgh neigt den Kopf zur Seite, wie eine aufmerksam lauschende Schülerin und nickt bei jedem Satz, den der Gast beendet. Dabei sieht sie ihn prüfend an, als ob es hinter seinen launigen Worten und seinem leutseligen Gebaren noch etwas anderes zu erkennen gäbe. Jungbluth scheint dies zu erspüren und nicht gutzuheißen.

„Ach, Fräulein, seien Sie doch so freundlich, und holen Sie aus meinem Studierzimmer das Buch von den Barockpistolen, ich möchte es Dr. Morelli schon seit Ewigkeiten leihen", wendet er sich an seine Untergebene.

„Ich werde dem Mädchen läuten", sagt die Hausdame hoheitsvoll.

„Wenn Sie vielleicht doch rasch selbst gehen können", beharrt Jungbluth.

Die von Borgh erhebt sich nun und geht mit einem „sehr wohl" hinaus.

„Sie müssen suchen", ruft Jungbluth ihr hinterher, „aber bringen Sie mir ja nichts durcheinander!"

„Es ist schon fast, als ob ich mit ihr verheiratet wäre", sagt er, als sich die Tür hinter der hohen Gestalt geschlossen hat, und beide Herren lachen herzlich.

„Was Fortuna verhüten möge", fügt Jungbluth hinzu und die Heiterkeit erhöht sich noch.

Die Hausdame begibt sich entgegen der Anweisung zunächst einmal auf leisen Sohlen in die Küche, wo sie Loni und in ihre Tante beim Silberputzen antrifft.

Mit scharfer Stimme belehrt sie das Mädchen, dass es stets rückwärts aus einem Zimmer hinauszugehen habe, wenn jemand dort anwesend sei, „dein Hinterteil interessiert nämlich nicht", sagt das Fräulein von Borgh, das sich hier eines ganz anderen Tones bedient als oben im Salon.

„Wie geht denn die Offensive voran?", fragt Jungbluth dort.

„Tadellos", sagt Morelli, „sie hat ganz bestimmt nichts gemerkt. Alles ist ein galantes Abenteuer und das gefällt ihr. Und ich tu dazu, was ich kann. "

Jungbluth nickt, trinkt ebenfalls, die beiden schweigen und schauen ins Feuer, bis das Fräulein mit dem verlangten Buch zurückkehrt, einem schweren Band.

„Ich werde mich dann mit Ihrer Erlaubnis zurückziehen."

Die Leichtigkeit, mit der die Hausdame nur den Hauch eines Vorwurfes in ihre Stimme legt, muss auf jahrzehntelange Übung zurückzuführen sein.

„Nein, nein, bleiben Sie doch", widerspricht Jungbluth und auch Morelli gibt sich den Anschein, als ob ihm viel an ihrer Gesellschaft liege.

„Nun, vielleicht haben die Herren etwas zu besprechen, bei dem meine Anwesenheit unpassend ist?", beharrt das Fräulein von Borgh.

„Geh, wie kommen Sie denn darauf, wir trinken nur ein Schlückchen und rauchen ein klein wenig, nicht wahr Morelli?" sagt Jungbluth versöhnlich.

„Möchten Sie?", fragt Morelli und hält ihr ein Etui entgegen, „heutzutage ist dem weiblichen Geschlecht doch nichts mehr verboten."

Die Hausdame wehrt das Angebot mit einer geradezu entsetzten Handbewegung ab.

„Wie auch immer, wir waren dabei, uns darüber zu unterhalten, welche deutsche Stadt die führende Kunststadt ist, und ich halte dafür, dass dieser Rang nur unserem schönen München zukommen kann, während dieser Schurke hier!", Jungbluth zeigt auf Morelli, „ein Wort für Berlin eingelegt hat. Wie stehen Sie dazu, meine Liebe?"

Die Hausdame wird kaum auf diesen Unsinn hereinfallen, aber sie lässt es sich nicht anmerken. An Wien komme keine Stadt vorbei, findet sie, schon auf dem Weg zur Tür.

„Wo sie recht haben, da haben Sie recht", gesteht Jungbluth ihr großzügig zu und sie verlässt mit einem Nicken den Raum.

„Ich für mein Teil kann Wien aber trotzdem nicht leiden", spricht Jungbluth weiter. „Jedes Mal, wenn ich dort war, ist mir irgendetwas passiert. Einmal haben's mir 100 Mark gestohlen, dann haben's mir einen gefälschten Altmaier verkauft, und beim letzten Mal sind Wanzen im Hotelzimmer gewesen, obwohl sie einen Preis berechnet haben, als ob man in der Hofburg wäre. Froh bin ich, dass wir hier endlich so weit sind, mit unserem Künstlerhaus, dann brauchen wir nicht immerzu nach Wien zu schauen. Lenbach hat übrigens anfragen lassen, ob ich seine Festrede für die Eröffnung mit ihm durchgehen würde, aber ich habe nein gesagt. Ich bin mit den Zurüstungen für die Schaugerichte schon genügend belastet. Eine Heidenarbeit – und nie ist's recht. Die Seepferdchen und die Nautillen kann ich bei uns an der Akademie machen lassen, aber wo der Zinnochse für das Bratengebäude herkommen soll, weiß Gott allein. Und dann soll ich auch noch Verse für die Narren dichten, also die Narren, die den Zug begleiten."

Morelli nickt verständnisvoll. Auch er habe eine Einladung zum Bankett erhalten, diese gelte für ihn und eine Begleitung und deswegen wolle er sich noch einmal vergewissern, dass das Fräulein Amelie ihm die Ehre geben würde.

„Bis dahin ist bestimmt schon alles offiziell", meint Jungbluth. „Ich nehme dann die von Borgh mit. Sie stirbt fast vor Ehrfurcht, wenn sie einmal eine echte Königliche Hoheit zu sehen bekommt, und außerdem bringt sie mich immer sicher heim."

*

„Dass du ja nicht in das Atelier hineingehst, wenn es dir nicht ausdrücklich erlaubt ist!", betont das Fräulein von Borgh, bevor es die Tür am Ende der Diele aufstößt. Loni ist erst einmal sprachlos. Ihre Blicke wandern über die Gemälde hinweg, die bis hoch hinauf an den Wänden hängen oder auf Staffeleien ihrer Vollendung harren.

„Das ist ja wie in einem Museum!"

„Es ist eben ein Künstleratelier", entgegnet die von Borgh, „und dich hat hier nur allein die Sauberkeit zu beschäftigen!"

In der Tat: Loni ist mit einem Eimer und diversen Lappen sowie einer Putzbürste und einem Besen ausgerüstet.

Das Atelier besteht nicht aus einem, sondern aus drei Räumen. Der größte davon, wie die Hausdame Loni erläutert, diene Jungbluth zur Herstellung seiner Genre- und Tierstücke, auch Werke, die der von ihm ebenfalls praktizierten Landschaftsmalerei zugehörten, entstünden hier. Dank der hohen Fenster an der Nordseite falle reichlich Licht in den Raum. Durch hölzerne Rollos an der Innenseite, aber auch durch Papierrahmen und Schiebefenster aus dunklerem Glas könne es gedämpft oder in seiner Einfallsrichtung so beeinflusst werden, wie der Künstler es für erforderlich halte.

Die Hausdame beschreibt die Räume dann aus hauswirtschaftlicher Sicht, während sie Loni herumführt.

In einem Nebenraum befindet sich eine oberbayerische Bauernstube, die Jungbluth sowohl als Kulisse als auch für Zusammenkünfte benutze. Hier seien vor allem herumstehende leere Flaschen und Gläser zu entfernen, aber nur nach Rücksprache, um nicht etwa ein von ihm vorbereitetes Arrangement zu zerstören.

In einem weiteren Raum, von dieser Stube aus zu erreichen, steht eine lederne Sitzgruppe, deren tiefe Mulden auf häufige Benutzung hinweisen. Ein stummer Diener hält sich bereit, eine Pyramide aus Weinflaschen hat man rechts und links mit Bücherstapeln abgestützt.

Ein bauchiges Glas beherbergt zwei Goldfische, die im Sommer wohl den Gartenteich bewohnen. Der Herr füttere sie prinzipiell selbst, erklärt die von Borgh, klopft mit ganz ungewohnter Behutsamkeit an das Glas und lockt: „Fischfisch!"

Die Fische beachten sie trotz mehrfacher Wiederholung nicht.

Die Sitzgruppe sei zu entstauben, Kissen und Decken im Freien auszuklopfen, wie auch die beiden Bärenfelle, wobei darauf zu achten sei, dass sich nicht etwa die Glasaugen oder einzelne Zähne durch allzu rabiate Behandlung lösten. Die Pflanzen - Gummibäume, Efeu, Zierpalmen und im Atelier überwinternde Oleander – seien zu bewässern, wobei Loni zwischen echten und künstlichen Gewächsen zu unterscheiden habe, etwas, wozu ihre Vorgängerin leider nicht in der Lage gewesen sei, wie die Hausdame ironisch anmerkt. Die Teppiche würden in der üblichen Weise draußen über der Teppichstange ausgeklopft, der Bretterboden feucht gewischt, zweifach und zweimal pro Woche, nämlich dienstags und samstags. Und zwar von Loni und nicht von der Scheuerfrau.

„Eines sage ich dir", hebt die Hausdame hervor, „die gewissenhafte Pflege des Ateliers und vor allem der Fenster ist höchstes Gebot, denn schließlich", und hier fasst das Danziger Fräulein sich selbst und alle anderen Bewohner und Gehilfen ist einem gleichmacherischen „wir" zusammen – „denn schließlich ist es die Kunst und das Einkommen des Herrn, von dem wir alle miteinander hier leben."

Sie führt Loni dann zurück in den ersten Raum und bleibt unter dem großen Fenster stehen.

„Merk auf, Apollonia: Die Scheiben dort oben werden jeden zweiten Mittwoch geputzt, wenn der Herr auf der Akademie ist. Da hinter dem Vorhang steht eine Leiter, du steigst hinauf, erst von innen putzen, dann vom Garten aus. In einer Stunde sehe ich mir das Ergebnis an."

Beim Hinausgehen bleibt die Hausdame vor einem Bild stehen, und nimmt dann von einem Stuhl eine Stoffbahn, die sie vorsichtig darüberlegt.

Sobald sie das Atelier verlassen hat, schlägt Loni den Stoff wieder zurück. Ein Mädchen liegt auf einem Sofa und lächelt dem Betrachter scheu zu. Ein wenig spitz ist das Kinn und so erinnert das junge Gesicht an ein Herz, was es noch lieber erscheinen lässt. Über dem Mädchen spannt sich eine Ranke leuchtender, üppiger Blüten. Und dann schwebt da noch ein Englein, mit dem Ende eines Schleiers in der Hand, den es mit sich zieht. Mit sich ziehen, heißt hier: Nach oben wegziehen, denn der Schleier ist die einzige Bedeckung des Mädchens und gleich wird das Englein vorbeigeflogen sein und das Mädchen ganz nackt daliegen.

Die Füße sind nicht ausgeführt, sondern nur vorgezeichnet. Jungbluth hat das Bild noch nicht fertiggestellt.

„Kitsch", murmelt Loni verächtlich und auch die anderen Gemälde können ihre Aufmerksamkeit nicht fesseln. Doch vor einer Porträtbüste bleibt sie stehen.

In idealer Schönheit ist Max dargestellt, hohe Stirn, gerade Nase, die schmalen und empfindlichen Lippen etwas überheblich gespannt. Jeder Muskel ist berücksichtigt, sogar die unter den Schläfen pochenden Adern meint man zu sehen, und das Haar sieht aus, als ob es jeden Augenblick über die Augen fallen würde.

Loni steht andächtig da. Eine Minute, zwei, drei. Und jetzt nähert sie ihr Gesicht der Büste und richtet sich aus. Loni umfasst den Hals mit beiden Händen, lässt sie in den Nacken gleiten, mit leicht schräg geneigtem Gesicht und geschlossenen Augen nähert sie sich, immer mehr.

Endlich reißt sie sich los. Hinter einem von der Hausdame benannten Vorhang, der Staffeleien und allerlei Geräte verbirgt, holt Loni eine Leiter hervor, klappt sie mit einiger Mühe auf, erprobt deren Stand-festigkeit durch Hin- und Herbewegen. Den Eimer in der Hand steigt sie hinauf, überlegt es sich anders und stellt ihn am Fuß der Leiter ab, die sie nun mit einem feuchten Lappen und dem Besen in Händen wieder er-klimmt. Loni beginnt zu wischen, mehrmals fällt der um den Besen geschlungene Lappen hinunter und muss geholt und ausgespült werden. Mit einem ande-ren, trockenen Lappen entfernt sie verbliebene Tropfen und Schlieren, schätzt mit weit in den Nacken geleg-tem Kopf ab, ob das Fenster vor den Augen der Haus-dame bestehen wird. Um auch noch an die oberste Par-tie heranzukommen, erhöht Loni die Leiter durch ei-nen Schemel, den sie bei Jungbluths Sitzgruppe findet.

*

Loni geht gemeinsam mit ihrer Tante dahin. Die beiden suchen mehrere Geschäfte auf, damit Loni diese Gänge in Zukunft auch allein erledigen kann.

Eigentlich ist es schwer vorstellbar, dass man über-haupt etwas einkaufen muss, so brechend voll ist die Vorratskammer, deren Schlüssel die Köchin an ihrem Gürtel befestigt hat. Schinken und Würste, Gewürze, Nüsse, Rosinen und halbmeterhohe Zuckerhüte, Mehl, Erbsen, Bohnen und Linsen, Kakao und Kaffee, Sup-penwürze und vieles andere findet sich Tüten, Büch-sen und Dosen aller Art und Größe. Im ebenfalls stets abgeschlossenen Keller daneben lagern Äpfel und Bir-nen, Sauerkraut, Kartoffeln. Den Schlüssel für den Weinkeller verwahrt Jungbluth persönlich.

„Feinkost Petzet - Kolonialwaren" steht über der Tür und im Schaufenster sieht man einen schön dekorierten Korb, in dem künstliche Pfirsiche und Trauben ruhen. Der Korb ist von einem Kranz von Weinflaschen umgeben. Auch Schokolade und Pralinenschachteln, Karamellbonbons und bunte Drops sind ausgestellt. Ohne einen Blick darauf zu werfen, drückt die Köchin die Türklinke nach unten. Ein helles Klingeln ertönt.

Eine Frau mittleren Alters, mit Hochsteckfrisur und ungesund geröteten Bäckchen, tritt aus dem Hinterzimmer. Sie begrüßt die Köchin als Fräulein Oberhofer. Ihr Blick ruht auf Loni.

„Das ist unser neues Dienstmädchen", stellt die Köchin vor, „meine Nichte Loni, von Mamming."

„Grüß dich Gott, Loni." Die Frau reicht Loni über den Ladentisch hinweg die Hand. Loni schüttelt sie und deutet einen Knicks an.

„Haben Sie jetzt doch zwei Mädchen, gell, mit dem großen Haus."

Die Oberhofer antwortet nach kurzer Überlegung.

„Nein, der Herr sagt, wir brauchen bloß eines, wir sollen zusammenhelfen. Die andere ist wieder heimgegangen, sie wird auf dem Hof gebraucht und die Stadt hat ihr sowieso nicht gefallen."

„Das ist aber schade", findet Frau Petzet, „so ein liebes Mädchen, sie wäre eine Partie für unseren Franz, habe ich zu meinem Mann oft gesagt. So lieb und so

geschickt und der Franz hat's auch gefragt, ob's mit-
geht zum Tanzen, aber sie wollt' partout nicht! Da hat
er's halt dann sein lassen, ist ja nicht angewiesen darauf, gell."

Die Köchin geht auf diese Worte gar nicht ein und
gibt stattdessen ihre Wünsche bekannt. Eine ungari-
sche Salami und Kakes ersteht sie, Erbsensuppe und
Zwieback, derweil das Gespräch mit Frau Petzet wieder auflebt. Ja, der Winter sei ungewöhnlich, sagt Frau
Petzet, nach dieser Milde vor Weihnachten jetzt unge-
heuer streng, ob es sonst noch etwas sein dürfe. Eine
Tafel helle Schokolade, entscheidet die Köchin. Dann
hält die Ladenbesitzerin Loni ein Glas mit Bonbons
entgegen.

„Nimm gleich mehrere", sagt sie. Loni greift zu und
verstaut das Geschenk, während ihre Tante bezahlt.

„Beehren Sie uns bald wieder!", verabschiedet Frau
Petzet die beiden.

Schweigend gehen Tante und Nichte nebeneinander her, den mit einem Tuch bedeckten Korb mit ihren
Einkäufen tragen sie gemeinsam. Die Köchin bewegt
sich vorsichtig, zum Schutz vor Stürzen hat sie Steigei-
sen an ihren Schuhen befestigt.

„Hat der Jungbluth von der Marie eigentlich was
gewollt?", fragt Loni.

„Wie kommst du denn darauf?"

„Dass sie wieder heim ist, glaube ich nicht, weil
man nämlich nicht mehr heimgeht, wenn man einmal

von der Schüssel weg ist. Die täten einem schön was erzählen!"

Die Oberhofer reagiert unwirsch: „Der Herr Professor ist ein anständiger Mann, merk dir das, ungerecht ist er manchmal, und auch aufbrausend, wenn er seinen Zorn hat, aber er ist ein anständiger Mann und denkt oft an seine Frau. Jeden zweiten Samstag, vor seinem Jour in der Wirtschaft, fährt er nach München hinüber zu ihrem Grab. Und jetzt halt deinen dummen Mund!"

„Er hat aber keine Frau."

„Natürlich hat er keine Frau, wenn er Witwer ist. Ich habe auch keinen Mann und die von Borgh auch nicht. Hör jetzt damit auf, sofort!"

„Warum hat sie eigentlich nicht bis Lichtmess gewartet, bis sie aussteht? Etwas anderes hat sie doch nicht gehabt, oder?"

„Loni! Der Gnädige hat ihr gekündigt, er wird schon gewusst haben, warum und sie auch. Und jetzt aus."

*

Als Hauch steigt die Atemluft des Priesters auf, so kalt ist es. Bis auf den letzten Platz ist das Kirchlein besetzt, einige Messbesucher müssen sogar stehen. Die derzeit Sitzenden verändern ihre Haltung wie es der Fortgang der Messe erfordert. Sie blättern in den schwarzen Gesangbüchern und schlagen sie dort auf, wo es ein Ministrant auf einer Schiefertafel anzeigt.

Eine Mädchenstimme übertönt mühelos alle anderen und manch einer sieht sich verstohlen nach der Sängerin um. Von ganz hinten kommt sie, von den Stehplätzen hinter den Bankreihen auf der linken Seite, die den Frauen und Mädchen vorbehalten sind. Das Mädchen singt nicht unangemessen laut, es will sich nicht hervortun oder auffallen, es singt einfach, frei heraus, klar und sicher. Es ist Loni, in einem dunklen Rock, mit ihrer langen Jacke und einem bunten Kopftuch.

Lonis Gesang ist dem Ort angemessen. Es passt zu der kleinen Kirche, durch deren Fenster buntgetöntes Licht fällt, zu dem Bild über dem Altar, wo Sankt Georg den Drachen tötet. Gold und Silber sind die Farben des auf einem Schimmel einhersprengenden Ritters, und golden ist auch die Spitze seiner Lanze, die genau auf das Herz des sich vergeblich aufbäumenden Gewürms gerichtet ist.

Wie grässlich: Der wild aufgeworfene Kopf, das geöffnete Maul mit den langen Zähnen, die Drachenflügel und Klauen. Und wie schön: Das sanfte, still entschlossene Antlitz, die feinen, langfingrigen Hände, die prunkvolle Rüstung, das tapfere Pferd. Zuletzt werden die mitgebrachten Kerzen gesegnet: Weiße, rote und schwarze.

Ohne Ausnahme warten alle ruhig ab, bis der Pfarrer und die Ministranten langsam die Kirche verlassen haben, einige knien noch einmal nieder, verbergen das Gesicht in den Händen, andere verlassen nach einem

Knicks Richtung Altar die Kirche und treten auf den verschneiten Friedhof hinaus.

Loni ist an ihrem Platz stehengeblieben, unverwandt schaut sie zum Altar hinauf, an ihrer Hand baumelt unbeschäftigt der Rosenkranz. Auch die Oberhofer, in der letzten Reihe kniend, hält einen schönen Rosenkranz aus durchbrochenen Silberkugeln in den gefalteten Händen, sie murmelt vor sich hin. Endlich erhebt sich die Köchin mit einiger Mühe.

Tief taucht sie beim Hinausgehen die Hand in die Weihwasserschale und besprengt Loni und sich so ausgiebig, als ob sie sich besonders schützen müssten. Loni trägt das Körbchen mit den geweihten Kerzen.

„Tante, warum waren denn da so viele alte Weiber in der Kirche?", fragt Loni, als sie hinaustreten.

„Das sind Hinterbliebene von Beamten", erklärt die Oberhofer und weist hinüber zu einem massigen Bau „gleich da, in der Beamten-Relikten-Anstalt, da wohnen sie."

„Wo? In was für einer Anstalt?"

„Für die Relikten. Das ist ein Stift, für Hinterbliebene von Beamten, die niemand mehr haben. Sie können ja nicht gut allein wohnen, und arbeiten können sie auch nicht, weil sie höhere Töchter sind - die Leute sagen Drachenburg dazu. Sie haben zwar ihre eigene Kapelle, aber das reicht manchen nicht. Sie gehen doppelt in die Messe."

„Drachenburg!", wiederholt Loni voll Vergnügen.

Auf dem Friedhof ruhen Ökonomen, Fuhrwerks- und Ziegeleibesitzer samt ihren Gattinnen. Vor einem Grabmal aus schwarzem Onyx bleibt Loni stehen. In goldenen Lettern sind die Namen der Verstorbenen eingemeißelt. „Gastwirtstöchterchen", liest Loni. Nur acht Jahre ist das kleine Mädchen geworden.

„Das ist das Mädchen von der Gastwirtschaft gewesen", sagt die Oberhofer, „droben in der Ismaninger Straße. Der Gnädige ist früher oft hin, aber jetzt soll sie neu gebaut werden, viel größer. Damit sie für die feinen Leute passt, die aus München, wo sich einbilden, sie müssten bald alle zu uns herüberziehen. Jetzt hat er eine andere Wirtschaft. Er geht bis zum Maximilianskeller hinauf, bloß damit er mit den neureichen Lehmbaronen nichts zu tun hat."

„Und an was ist das Mädchen gestorben?", fragt Loni.

„Das weiß ich nicht, komm jetzt."

Mit diesen Worten geht die Köchin, nicht ohne sich zu Ehren des Mädchens und der anderen hier ruhenden Familienmitglieder noch einmal bekreuzigt zu haben, ein paar Schritte weiter, auf ein Grab zu, das in der Ecke der Friedhofsmauer liegt. Sie verschwindet kurz hinter dem Grabstein und erscheint dann wieder, mit ihrem Einkaufskorb.

Schon vorher hat sie Loni darüber aufgeklärt, dass kein Mitglied der Familie Jungbluth jemals die Messe besuche, nicht an Weihnachten und auch nicht heute, an Lichtmess. Der Herr nicht, weil er ein Künstler sei und ein erklärter Freigeist und das Fräulein Amelie nicht, weil es lange zu schlafen pflege. Max nicht, weil es sein Vater nicht von ihm verlange. Und die von Borgh schon gar nicht.

„Hast du denn eigentlich gar nicht frei?", fragt Loni. „Die Schlenkelzeit gilt doch auch für Köchinnen, oder nicht?"

„Eigentlich schon", sagt die Oberhofer. „Aber ich nehme sie nicht in Anspruch. Einmal, weil ich gar nicht wüsste, was ich anfangen sollte, und zum anderen, weil sie ohne mich gar nicht zurechtkämen. Aber für heute hat er mir freigegeben, wegen der Prozession. Da lässt er vom Wirtshaus etwas kommen."

Die Oberhofer übergibt Loni nun den Hausschlüssel, mit der Ermahnung, ja darauf aufzupassen. „Ich muss noch etwas erledigen. Wenn sie fragt, dann sagst du, ich bin vor der Prozession noch zu einem Krankenbesuch."

„Wer ist denn krank?", will Loni wissen.

„Jemand halt, eine arme Frau aus dem Dorf. Gib mir eine Kerze für sie. Und jetzt marschier endlich ab."

Loni setzt sich in Bewegung - nicht ohne sich ein paarmal nach ihrer Tante umzusehen. Diese aber bleibt so lange vor dem Kasten mit den Ankündigungen der Gemeinde stehen, bis das Mädchen verschwunden ist.

*

Loni hat das Markstück aufgehoben und in den Zinnteller gelegt, der die altdeutsche Wäschetruhe auf dem Treppenabsatz schmückt - sodass das Fräulein den Fund gleich sehen kann. Nun öffnet sie die Tür zu einem Zimmer, das unschwer als ein Jungmädchenzimmer zu erkennen ist und damit nur Amelie gehören kann.

Das Zimmer ist sehr hell, wegen der französischen Fenster und der Tür, die auf einen der Balkone hinausführt. Alle Möbel sind weiß, die Wände rosafarben, wie auch der dicke, weiche Teppich. Vor dem Fenster hängen bodenlange Stores, davor steht Amelies halbrunder Schreibtisch, mit einem sehr zerbrechlich wirkenden Stühlchen davor. Und da, auf der Kommode, liegt Amelies Geigenkasten.

Auch Amelie malt: Auf einer eleganten Amateurstaffelei steht die Studie einer Rosenknospe, an der Wand hängt ein bereits fertiggestelltes ähnliches Bild in einem aufwendig geschnitzten Rahmen. Daneben besitzt Amelie ein Porträt des jugendlichen Bayernkönigs Ludwig II. sowie mehrere Familienfotos und eine Rötelzeichnung ihres eigenen, noch kindlicheren Gesichtes, die sicher ein Werk ihres Vaters ist.

Das Prachtstück im Raum ist aber ein ovaler Spiegel in einem vergoldeten Rahmen. Oben hat Amelie drei getrocknete Blumensträuße befestigt, vielleicht Erinnerungen an einen Tanzabend oder einen Ball. In den Rahmen sind weitere Fotos gesteckt, alle in bräunlichen Tönen. Sträußchen, Gewürze und Nelkengebinde, getrocknete Disteln und sogar Edelweiß stehen in Gläschen und Vasen herum, überhaupt birgt das Zimmer eine Fülle von Behältnissen. Auf einem mehrstöckigen Zeitschriftentisch liegen Dutzende von Modejournalen.

Loni wendet sich dem Spiegel zu und betrachtet sich ausgiebig. Sie trägt jetzt eine andere Frisur, keine Zöpfe mehr, sondern nur noch einen einzigen dicken Zopf, den sie nun nach oben zieht und zu einer Krone legt. Das sieht sehr nett aus, sie wirkt auch größer, möchte aber offenbar noch größer sein, denn Loni stellt sich auf die Zehenspitzen und dreht sich hin und her.

Sie gibt den Zopf wieder frei, lächelt sich zu, spitzt dann den Mund, grinst und schiebt die untere Zahnreihe nach vorne. Mit Mittelfinger und Daumen drückt Loni ihre Nasenspitze fest zusammen, lässt dann los und prüft ernsthaft einige Male den für Sekundenbruchteile entstehenden Unterschied. Schließlich greift sie nach einem Flakon, der auf der Kommode neben dem Spiegel steht. Ein wahres Kunstwerk ist dieser Flakon, aus geeistem Glas in der Form einer Maiglöckchenblüte. Loni schraubt den Deckel auf und riecht daran. Sie bemerkt erst, dass sich die Tür geöffnet hat, als Amelie schon eingetreten ist.

„Was bildest du dir ein!" Amelie erwartet keine Antwort.

„Was ist?", fragt Loni und hält Amelie ihr Eigentum entgegen, „ich habe doch nur daran gerochen, das kann doch nicht so schlimm sein!"

„Du kannst gar nicht beurteilen, was schlimm ist und was nicht!" Amelie hat ihre hohe Stimme noch weiter erhoben, sodass sie sich recht schrill anhört. „Du sollst hier aufräumen und sonst gar nichts! - Was ist denn das überhaupt für Geld?", fragt sie dann.

Amelie hält das Markstück in der Hand.

„Das hat das Fräulein ganz zufällig verloren und ich habe es in den Teller gelegt, damit es nur ja nicht wegkommt, das können S' ihr von mir bestellen!"

Hiermit verlässt Loni das Zimmer - ohne die Tür hinter sich zu schließen. Mit ein paar raschen Schritten ist auch Amelie bei der Tür und wirft sie lautstark zu. Sie atmet durch und hält den Parfümflakon gegen das Licht, um seinen Inhalt zu prüfen. Was sie dann im Spiegel sieht, scheint sie mit allem wieder zu versöhnen.

Amelie ist nämlich enorm hübsch. Sie ist zweifellos viel hübscher als Loni - wobei man natürlich nicht wissen kann, wie Loni in Amelies vorteilhafter Aufmachung aussehen würde.

Heute trägt Amelie eine hellblaue Rüschenbluse mit langen Ärmeln, die oben am Ärmelansatz in tiefe, weit aufspringende Falten gelegt sind. Amelies Rock ist knöchellang und dunkelblau, ein ebenfalls dunkelblauer, mit roten, gelben und hellblauen Blümchen bestickter Gürtel betont ihre Taille. Die Haare sind aufgesteckt, sieben Zöpfchen verbinden sich auf komplizierte Weise. Nun lässt Amelie sich an ihrem Schreibtisch nieder. Sie kramt ein wenig herum und holt ein

Büchlein heraus, das sie mit einem Schlüsselchen auf-
schließt.

Sie beginnt zu schreiben, und zwar: Frau Dr. G. Morelli. Dann, darunter: Frau Dr. Gustav Morelli. Dann:
Fr. Dr. jur. Gustav Morelli. Letzteres schreibt sie wieder und wieder, mit zur besseren Konzentration zwischen die Vorderzähne gepresster Zunge.

*

Vor Jungbluths Villa verläuft keine Straße im ei-
gentlichen Sinne, sondern nur ein Weg, der von der Ismaninger Straße die Anhöhe hinauf zur Sternwarte
und von dort weiter nach Osten führt. Im Nordwesten
liegt das alte Dorf, das aus ein paar Bauernhöfen und
einstöckigen Anwesen besteht. Die Kirche mit ihrem
weithin sichtbaren Zwiebelturm müht sich redlich, die
Umgebung zu beherrschen, wie es ihr zusteht, doch
mächtig thront die Drachenburg gegenüber. Nicht
ganz so mächtig, aber sehr gediegen wirkt das italie-
nisch anmutende, zweistöckige Gebäude mit dem
Schriftzug „Gasthaus Neuberghausen" gleich neben
St. Georg. Der Wirtsgarten mit seinem alten Baumbe-
stand, Salettl und Karussell ist zu dieser Jahreszeit verlassen, aber im Sommer wird er durch lustiges Leben
einen provozierenden Kontrast zum Friedhof von St.
Georg darstellen.

In der Kirchgasse zwischen den beiden Sphären
kommt es zu einer Begegnung zwischen Loni und
Max, denn ein Ausweichen wäre nur durch das Tür-
chen in der Friedhofsmauer möglich und scheidet

schon allein deswegen aus, weil Max dazu seinen Hund im Stich lassen müsste. So dreht Max sich beim Anblick Lonis nur um und hält nach dem Spaniel Ausschau, der, an der Mauer entlangschnüffelnd, einige Meter zurückgeblieben ist.

„Percy!", ruft Max, Loni vage zunickend, und nun gehorcht der Hund, holt auf und setzt sich erwartungsvoll zu Lonis Füßen, die ein Hörnchen aus einer Tüte nimmt, von diesem den Zucker abstreift und auf der Handfläche anbietet. Loni kniet nieder und streichelt Percy ausgiebig. Max macht ein paar unentschlossene Schritte zurück, dreht sich dann wieder um.

„Ist der eigentlich schon alt?" Loni sieht zu Max auf, in Erwartung einer Antwort.

„Ja, vierzehn Jahre", sagt er knapp, aber immerhin genügend höflich, um Loni zum Weiterführen des Gesprächs zu ermutigen.

„Das ist noch nicht so alt! Wir haben daheim einen Hund, der bald zwanzig ist", sagt sie. „Er liegt bloß noch herum und schläft, aber die Mutter mag ihn nicht wegtun, obwohl mein Bruder sagt, dass er schon lang erschossen gehört. Das ist aber keine spezielle Rasse, das ist bloß ein Hund."

„Sag einmal, gehst du hier spazieren? Gibt es denn zuhause nichts zu tun?" Max zieht Percy am Halsband zu sich hin und befestigt die Leine daran.

„Ich habe beim Bäcker etwas geholt, weil doch meine Schwester eingeladen ist, und dabei bin ich vom Weg abgekommen, ich kenne mich noch nicht so aus. Wo geht's gleich wieder zur Elektrischen?"

Max beschreibt die unkomplizierte Route zur Endhaltestelle, und geht Loni dann voran, ohne weitere Unterhaltung.

An der Endhaltestelle steht eine junge Frau, die Loni recht ähnlich sieht.

„Loni!", ruft sie schon von weitem und läuft dann auf ihre Schwester zu.

„Du hast doch geschrieben, dass du mich abholst, also ich hätte jetzt gar nicht gewusst, wo ich hingehen soll, da heraußen."

Loni und Afra sind voreinander stehengeblieben und reichen sich die Hand. Afra ist klar die Ältere, sie ist größer als Loni, wirkt weiblicher. Sie trägt ein Kostüm und einen Hut, zwei Jacken übereinander, der Kälte wegen.

„Jetzt bin ich ja da", sagt Loni.

„Du, wer war denn das, verfolgst du den? Der hat ja richtig gehetzt ausgeschaut."

„Das ist der Sohn", sagt Loni sachlich. Aber dann erklärt sie doch noch mehr.

„Also, ich bin ums Karree herum, damit er mir entgegenkommen muss. Daheim redet er überhaupt nichts mit mir, aber jetzt hat er's müssen."

Loni führt Afra zu St. Georg zurück, zeigt ihr das Pfarrhaus und die Königswiese, die Reliktenanstalt und das Gasthaus Neuherberg, von dem aus, wie Afra meint, man gleich in den Friedhof hineintanzen könnte. Ein Dorf sei Bogenhausen, sagt Loni, aber doch wieder keines. Bauern gebe es, Grattler und Häusler wie daheim, aber auch die riesigen Villen und die Künstler, die Elektrische und die Kanalisation, und sogar das eine oder andere Automobil. Die Bauern könnten sich das leisten, weil sie ihr Land verkauften und außerdem die Ziegel für die neuen Häuser.

„Du, dann schau, dass du so einen reichen Bauern bekommst, mit einer Villa und einem Automobil. Das wäre doch viel besser als dieser komische Sohn."

Loni antwortet nicht auf den Rat der Schwester und während des weiteren Weges zum Haus werden keine Worte mehr gewechselt. Dann ist Afra damit beschäftigt, an der Fachwerkfassade im englischen Stil hinaufzuschauen, Statuen, Teich und zweistöckige Gartenlaube zu bewundern. Die beiden gehen am Haus entlang, bis zum Dienstboteneingang, durch diesen hinunter in die Küche.

„Setzt euch nieder", sagt die Oberhofer, als sie einander begrüßt haben, und beginnt damit, Kaffee aufzubrühen. Loni legt die Tüte mit dem Gebäck auf den Tisch.

„Ich möchte ihr erst meine Kammer zeigen", sagt Loni und will die Schwester hinausziehen. Die Köchin rät davon ab.

„Warum denn nicht?", fragt Loni ehrlich erstaunt, „ich will ihr doch bloß meine Kammer zeigen."

„Ja, aber da müsstet ihr die Treppe hinauf und durch die Diele. Es könnte sein, dass der Gnädige etwas hört und gestört wird, er ist in seinem Studierzimmer."

„Dann bleiben wir eben da", schaltet sich Afra ein, „so großartig wird deine Behausung nicht sein."

Die von Borgh betritt die Küche. Afra steht auf und macht einen Knicks, den die Hausdame mit flüchtigem Kopfnicken zur Kenntnis nimmt.

Als die Köchin erklärt, dass Afra wie genehmigt zum Kaffeetrinken bleiben und dann wieder in die Stadt zurückfahren werde, ist das Fräulein beruhigt. Es handle sich natürlich um ihren eigenen Kaffee, fügt die Oberhofer noch hinzu.

„Gnädiges Fräulein, kann ich meiner Schwester zeigen, wo ich schlafe?", fragt Loni.

„Nein", erklärt die Hausdame ohne zu zögern. „Die Dienstboten sollten eigentlich gar keinen Besuch empfangen. Es ist eine Ausnahme."

„Sie dachte nur", sagt die Köchin, „weil es doch ihre Schwester ist."

„Für Apollonia mag es die Schwester sein, für die Herrschaft ist sie eine Fremde."

Die von Borgh hat nun offenbar genug gesehen und wendet sich zur Tür – nicht ohne Loni einen Auftrag zu erteilen: „Und wenn dein Besuch wieder gegangen ist, machst du mit dem Silberputzen weiter, aller, allerspätestens um halb fünf."

Sobald sich die Tür hinter der Hausdame geschlossen hat, wird es gemütlich. Die Oberhofer füllt die Tassen mit Kaffee, legt das Gebäck auf Teller und stellt noch Butter und Pflaumenmus dazu.

„Viel zu sehen gibt's da droben sowieso nicht. Ein Holzfass ist drin, ein altes Bett mit Seegrasmatratze und ein Spind", beschreibt Loni die Dienstbotenkammer.

Afra nickt, sie wirkt in keiner Weise überrascht.

„Kannst noch froh sein", sagt sie dann, „ich schlafe in einem Feldbett in der Küche. Sie haben nämlich beschlossen, dass sie das Zimmer an einen Studenten vermieten. Das gibt ein paar Mark mehr, weil sie ja noch nicht genug haben. - Hast du das Mus selber gemacht, Tante?"

„Freilich", sagt die Köchin, „wir haben jedes Jahr so viele Pflaumen, wir wissen gar nicht, wohin damit."

„Woher denn? Im Garten sind doch gar keine Obstbäume?", fragt Loni.

„Hier nicht", sagt die Köchin. „Aber wir haben noch einen Garten in Zamdorf draußen. Um den kümmert sich ein Gärtner von dort. Im Sommer musst du drei, viermal pro Woche hinaus."

„Ist das nicht recht unpraktisch?", fragt Afra.

Ihre Tante gesteht das zu. Aber als Künstler ertrage Jungbluth den Anblick gewöhnlicher Salat- und Kohlköpfe in seiner nächsten Umgebung einfach nicht, sie wirkten auf ihn – die Köchin kommt nicht gleich auf das Wort, erinnert sich aber dann doch: zu naturalistisch.

Dann erklärt sie noch, dass Jungbluth den Grundriss des Hauses eigens so entworfen habe, dass er mit Küchengerüchen und -geräuschen möglichst wenig in Berührung komme. Wegen der Lage der Küche im Keller müsse allerlei Ungeziefer mit Giftködern vernichtet werden, was für Jungbluth eine ziemliche Ausgabe bedeute. Er habe daher vorgeschlagen, einen Igel für diese Aufgabe einzusetzen, wie in England üblich, aber da habe sie gestreikt und sich dank der Unterstützung des Fräuleins auch durchgesetzt.

„Wahrscheinlich hofft sie, dass sich der Hund daran vergiftet", sagt Loni und die sonst so gütige Tante widerspricht ihr nicht.

Auch Afra hat einige Kuriositäten von ihren Herrschaften, einem Privatiers-Ehepaar, zu erzählen und so lachen alle drei bald so laut, dass die Köchin nach oben eilt, um sich zu vergewissern, dass die Tür zum Vorraum geschlossen ist.

*

Mit einiger Verzögerung, die sich aus einem Aufenthalt im Wasserklosett und anschließend im Badezimmer herleitet, gelangt das Fräulein von Borgh bei Amelie an.

„Nun sollten wir uns endlich einmal aussprechen."

Die Hausdame stellt sich in abwartender Haltung vor den Spiegel auf. Amelie wirkt überrascht.

„Was meinen Sie?", fragt sie.

Die Hausdame lächelt. Ruhig steht sie da, als ob sie ewig und drei Tage Zeit hätte, und Amelie rutscht auf ihrem zierlichen Stühlchen hin und her und weiß sichtlich nicht, was tun.

„Nun - was macht das Violinspiel?", fragt die von Borgh endlich.

„Das Violinspiel - was soll es schon machen? Fräulein Mendel ist wie immer sehr zufrieden mit mir, sie lässt Grüße bestellen." Da die von Borgh nicht widerspricht, sondern sich alles mit unveränderter Miene anhört, gewinnt Amelie an Sicherheit. Sie erzählt von ihren Fortschritten, von Fräulein Mendels Geduld und pädagogischem Geschick, von einem Konzert ihrer Schüler, das die verehrte Lehrerin für den Herbst plane.

„So? Wie erfreulich. Ich muss allerdings sagen – wenn ich Sie üben höre, was ja ohnehin höchst selten der Fall ist, kann ich keinerlei Fortschritt erkennen. Ich erkenne eher einen Rückschritt, und das gibt mir zu denken, zumal ihr Herr Vater ja einen nicht ganz geringen Betrag für diese Geigenstunden aufzubringen hat."

Die von Borgh greift nach dem Maiglöckchenflakon und riecht daran.

„Hübsch und sehr teuer - ein Geschenk?", fragt sie, bevor sie den Flakon an seinen Platz zurückstellt, „Importware aus Frankreich kostet doch ein Vermögen."

Amelie antwortet nicht. Stattdessen ballt sie die Hände und legt die Fäustchen auf ihre Wangen, ja, presst sie dagegen, ganz sinnlos.

Sie überlege hin und her, wie es komme, spricht die von Borgh im Plauderton weiter, dass ihr das Fräulein von Mendel bei einer ganz zufälligen Begegnung erzählt habe, wie sehr sie es bedauere, dass Amelie durch starke, ja unerträgliche Kopf- oder Zahnschmerzen jetzt so häufig die Geigenstunden versäume, aber deren Bezahlung zugesichert habe.

Nun erklärt Amelie, eine Freundin getroffen zu haben. Beatrice von Marnier, um genau zu sein. Beatrice, deren Mutter so nervös sei, dass sie strenge Schonung benötige. Daher hätten sie von ihren Treffen auch niemand etwas erzählt und seien einfach in den Maximiliansanlagen spazieren gegangen. Die von Borgh möge Beatrice nur selbst fragen.

„Um ein zweites Märchen zu hören?", fragt die Hausdame, „über dieses Alter bin ich gottlob lang hinaus."

Das Lächeln ist jetzt spurlos verschwunden und sie tritt mit immer noch verschränkten Armen auf Amelie zu. Ganz leise ist ihre Stimme, gerade noch hörbar: „Sie sagen mir jetzt, mit wem sie die Zeit verbracht haben, und zwar auf der Stelle."

Und Amelie erzählt stockend, dass sie sich mit jemandem getroffen habe, und mit ihm spazieren gefahren sei, im Englischen Garten, auch in ein Café gegangen, drüben in Schwabing.

Die von Borgh nickt. „Dieser geheimnisvolle Jemand ist Dr. Morelli, wenn ich das ergänzen darf."

„Woher wissen Sie das?"

Die Hausdame findet es offenbar unter ihre Würde, Amelies Frage zu beantworten.

„Aber uns hat niemand gesehen", setzt Amelie neu zur Verteidigung an.

Da lacht die von Borgh laut auf.

„Uns hat niemand gesehen!", ahmt sie Amelie nach.

„Mein liebes Kind, und jetzt merken Sie sich eines: Man wird immer gesehen, von irgendjemand wird man im Leben immer gesehen - und zwar gerade dann, wenn man das am wenigsten gebrauchen kann. Wobei eine Dame natürlich nichts tut, wobei sie nicht gesehen werden könnte - aber hier rede ich ja wohl wieder in den Wind. Jedoch: Mein guter Ruf ist es nicht, und ich möchte mich in meinem fortgeschrittenen Alter auch nicht mehr verloben. Und so brauche mir keine Gedanken darüber zu machen, was sein könnte, wenn einmal, vielleicht in drei oder in sieben oder in neunzehn Jahren herauskommt, dass ich mit Junggesellen Lokale besucht habe und allein mit ihnen in einer Kutsche gefahren bin. Ich nicht."

„Mein" und „ich" hat die von Borgh jedes Mal überstark betont. Sie ist aber noch nicht am Ende. Vom besorgniserregenden, statistisch einwandfrei ermittelten Männermangel im Reich erzählt sie. Dieser werde einen erheblichen Anteil der heiratswilligen jungen

Mädchen unvermählt lassen. Wobei man als Frau durchaus nicht mehr unbedingt heiraten müsse, sie selbst sei auch ledig und nicht unglücklich darüber, überhaupt nicht, und natürlich könne Amelie frei entscheiden, ob sie einmal lieber als Kinderfräulein oder als Lehrerin arbeiten wolle.

„Arbeiten?" Amelies Jungmädchenaugen öffnen sich weit.

„Als Frau Dr. Morelli müssten Sie das natürlich nicht - nur, ob er Sie mit einem solchen Benehmen überhaupt heiraten will, ist mehr als fraglich. Die ledigen Herren wissen nämlich genau zu unterscheiden: Zwischen Weibspersonen, die mit ihnen in Kutschen herumfahren und Caféhäuser besuchen und solchen Damen, die sie sich als Ehefrauen erwählen."

Mit diesen Worten - und vor allem mit der Unterscheidung zwischen „Weibsperson" und „Dame" - hat das Fräulein Amelie sichtlich beunruhigt. In dieser Verfassung denkt es sich nicht leicht, doch endlich folgert Amelie: „Sie sind bei der Mendel gewesen."

„Mag sein. - Ich will jetzt alles wissen."

Von Amelie geht keinerlei Widerstand mehr aus und sie erzählt nun, wie sie einmal, im letzten November, die Malschule nach dem Blumenkurs verlassen habe. Beatrice sei an diesem Tag nicht dabei gewesen und so sei sie eben allein noch ein wenig durch die Stadt gegangen. In der Ludwigstraße sei aus einer Buchhandlung ein Herr herausgekommen, den sie gleich als Dr. Morelli, den Freund des Vaters, erkannt habe und da ihn sein Weg auch zum Odeonsplatz geführt habe, habe er sie gebeten, sie begleiten zu dürfen. Dann habe er sie zu Kaffee und Kuchen eingeladen.

„Wohin eingeladen?", will die Hausdame wissen.

„Ins Café Luitpold", gibt Amelie nicht ohne Stolz Auskunft.

„Und dann hat er mich eine Woche später wieder vom Malkurs abgeholt und mich wieder eingeladen und so ist es gekommen."

„Das genügt", gibt sich die Hausdame zufrieden, „Sie sind sich doch darüber im Klaren, dass ich Ihren Herrn Vater ins Bild setzen muss?"

*

Noch am selben Abend berichtet das Fräulein von Borgh Jungbluth von den Ergebnissen der Nachforschungen. Wie ein heraufziehendes Gewitter malt sie die Romanze aus, Ruin für Amelie, wenn es nicht zu einer Lösung komme, sonst: Schande für sie und Jungbluths Haus.

„Warum soll das jetzt schlimm sein?", fragt Jungbluth, nach der Pfeife greifend, „wir sind doch alle einmal jung gewesen. Ich habe meine Brigitte auch erst heimlich getroffen. Auf einer Bank vor der Alten Pinakothek sind wir gesessen, im Sonnenschein und im Regen. Ihr Vater hat mich nicht haben wollen, einen Hungerleider hat er mich genannt und einen Maler Klecksel. Er hat sich's erst anders überlegt, als ich das Seestück in der Kunstausstellung gehabt hab und dann den großen Auftrag vom Finanzministerium. Da war ich willkommen und er hat mich auf den Diwan gesetzt und sich selbst daneben. Da war ich der liebe Balthasar und der Herr Bräutigam. So ist das gewesen. – Außerdem soll Amelie nicht ins Kloster gehen und irgendwo muss sie ja einen Mann herbekommen."

„Ja - wenn Sie das so liberal sehen", ändert die von Borgh nun den Kurs, „bei eingehender Überlegung komme ich für meine Person und als Erzieherin zu dem Schluss, dass eine Ehe mit Dr. Morelli gar nicht unvorteilhaft wäre. Natürlich hat der Doktor dem Fräulein einige Jahre voraus, aber das ist nichts Nachteiliges. In seinem Alter kann er einer jungen Frau gewiss in vielen Dingen ein Führer und Lehrmeister sein. Und dass seine Verhältnisse bestens sind, habe ich schon aus mehr als einem Munde gehört. Mir scheint auch, dass Amelie Ehe und Mutterschaft wünscht, sie möchte keineswegs zu jenen Frauen gehören, die es zu nichts anderem bringen als zu einem möblierten Zimmer und einer ungeliebten Stellung."

Sehr sachlich hat die von Borgh diese Beschreibung einer derart gescheiterten Frauenexistenz dargelegt. Jungbluth lenkt nun seinerseits ein.

„Er hat mir selbst schon gesagt, dass es ihm ernst ist und wir sind uns einig geworden. Nur, vorschreiben wollte ich Amelie nichts, die Zeiten sind nicht mehr danach. Sie können den Mädchen heute keinen Ehemann mehr aufdrängen, sie müssen schon selbst meinen, dass sie jemand wollen. Morelli ist nicht mein Favorit, bewahre, aber andererseits: vierzehn Mietshäuser in der Isarvorstadt und in Schwabing, er braucht den Pfennig nicht umzudrehen. Ich habe auch den Eindruck, dass er vernünftiger geworden ist, mit den Jahren und überhaupt. Also, wenn sie ihn will, und sie will ihn sogar unbedingt, hat er mir erzählt, dann soll mir das sehr recht sein. Brigitte kann mir nicht mehr raten, deswegen frage ich Sie: Soll sie ihn nehmen oder soll sie's bleiben lassen?"

„Ich bin nur eine Angestellte", antwortet die Hausdame bescheiden, „mir steht keine Entscheidung zu. Ich wollte nur Schaden vom Fräulein und der Familie wenden."

„Geh, jetzt hören Sie auf, mit der Angestellten und dem Schadenwenden. Vierzehn Mietshäuser hat er und wenn ich's ihm nicht glaube, kann ich im Grundbuch nachschauen, hat er gesagt, oder in die Häuser gehen und die Leute selber fragen, aber das hat er natürlich nicht ernst gemeint. Es ist auch gar nicht nötig."

Jungbluth erhebt sich und tritt zu einem Wägelchen, auf dem sich mehrere Karaffen befinden. Schweigend füllt er zwei Gläser und reicht eines davon der von Borgh. Sie trinken auf das Paar.

„Wenn wir", lässt sich die Hausdame nun in vertraulichem Ton vernehmen, „die Verlobung bald über die Bühne bringen, kann Amelie im Herbst Braut sein. Sie ist dann achtzehn Jahre alt, gerade richtig."

Jungbluth schenkt noch einmal nach. Einige Augenblicke lang hält er die schwere Karaffe in den gewaltigen Händen. Mörtel mischen und aufbringen könnten diese Hände oder einen widerspenstigen Stier am Nasenring packen und herumreißen - aber Jungbluth malt damit.

„Überhaupt nicht", stellt er nun fest, „und wer weiß, ob sich noch etwas Besseres finden würde, heutzutage. Amelie könnte sich doch allein niemals durchbringen, sie ja noch unpraktischer als ihr Bruder. Bei aller Liebe zum eigenen Fleisch und Blut – ich frage mich oft, ob es daran liegt, dass ihnen die Mutter so früh gefehlt hat."

*

Das Entfernen von Staub auf den Mahagonimöbeln im Salon vollzieht sich langsam und umständlich mittels eines Pinsels, den Loni zuvor in einem Döschen mit Bienenwachs hin- und herbewegt hat, um dem Staub damit das Anhaften zu erleichtern. Ist diese Feinarbeit erledigt, reinigt sie die größeren Flächen mit einem Staubtuch, das sie gelegentlich zum Fenster hinaus ausschüttelt, dann greift sie zu einem befederten Wedel, und schließlich steigt sie auf einen Tritt, um auch die Stuckleisten damit erfassen zu können.

Loni erledigt diese zeitaufwendige Arbeit relativ flüchtig, dabei summt und singt sie vor sich hin, was die Hausdame, sie schon bald nach Arbeitsbeginn kontrollierend, als „Zigeunerkonzert" bezeichnet und damit beendet.

Nachdem Loni alle Leisten und Schnitzarbeiten an den Möbeln entstaubt und die für die Dauer der Reinigungsarbeiten mit Stoffbahnen bedeckten Sitzmöbel wieder von diesen befreit hat, macht sie sich auf Weisung der von Borgh im Wintergarten nützlich, wo die Pflanzen bewässert und ebenfalls von Staub und anderen herbeigeschwebten Ablagerungen befreit werden müssen.

Loni füllt hierzu einen Zinkeimer in der Küche mit warmem Wasser aus dem Grantl, wie sie und die Köchin es nennen, einem Wasserbehälter im Herd, und beginnt dann, jedes einzelne Blatt abzuwischen und mit einem weichen Ledertuch trocken und blank zu reiben.

Doch nun betritt Amelie den Wintergarten und lässt sich mit einer Handarbeit auf einem der Korbstühle nieder. Es handelt sich um eine sehr diffizile Angelegenheit, die Verfertigung eines dünnen Seidenstrumpfes. Doch Amelie scheint es heute an der nötigen Geduld zu fehlen, denn nach ein paar mit unruhigen und offenbar stark schwitzenden Händen erzwungenen Maschen lässt sie die Handarbeit in den Schoß sinken und schaut zu Loni hinüber, die ein gewisses Erstaunen kaum verbergen kann.

„Hast du noch nie eine feine Handarbeit gesehen?", fragt Amelie unwirsch. „Du kannst mir gleich aus meinem Zimmer neue Seide holen! In der obersten Schublade von der Kommode."

„Das gnädige Fräulein hat gesagt, ich soll die Blätter abwischen", antwortet Loni.

„Du gehst jetzt sofort hinauf, sofort und auf der Stelle!"

Loni packt den Eimer und geht hinaus. Fast stößt sie mit der Hausdame zusammen, die hereineilt, ihr aber keinen Blick gönnt, sondern auf Amelie zusteuert, welche die Handarbeit auf ihren Schoß sinken lässt und ihr gespannt und erwartungsvoll entgegenschaut - als ob ihr Schicksal davon abhinge.

„Mein Kind", sagt die Hausdame und umschließt Amelies Hand samt Seidenfaden und Stricknadeln, „es ist vollbracht, Ihr Vater hat eingewilligt."

„Oh, Fräulein", seufzt Amelie und schließt, wie einer Ohnmacht nahe, die Augen, „jetzt haben die Heimlichkeiten ein Ende."

Voll genießerisch ausgekosteter Rührung ist die Stimmung - und jetzt treten auch die Herren hinzu, Jungbluth und sein zukünftiger Schwiegersohn Dr. Morelli.

Die von Borgh eilt wieder hinaus, um vom Salon aus Bedienung zu fordern und beauftragt die gemächlich herbeikommende Loni, in der Küche eine Flasche Champagner zu bestellen und schon entkorkt heraufzubringen, plus vier Gläser, frisch nachgeputzt.

„Und Herr Max?", fragt Loni, „soll ich's dem auch sagen?"

„Selbstverständlich", entscheidet die von Borgh, „und bring dann fünf Gläser, Apollonia!"

„Selbstverständlich."

Die Hausdame legt den Kopf leicht schief, wie um nachzuspüren, ob Lonis Echo frech gemeint war. Sie verfolgt den Fall aber nicht weiter, zumindest nicht auf der Stelle.

Dann tritt auch sie in die Runde, wo Morelli gerade feierlich verspricht, Amelie stets wie seinen Augapfel zu hüten. Und so kommt man überein, schon bald Einladungen zu der Verlobungsfeier zu versenden, nämlich für Sonntag, den 4. März, nach dem Faschingsausklang. Leider, erklärt Morelli, seien seine Eltern schon verstorben, aber seine Schwester würde sich sicher sehr freuen, zu diesem Anlass anzureisen und die Auswahl der weiteren Gäste überlasse er gerne der bewährten Hand von Fräulein von Borgh.

„Was brauchen denn die den Schampus?", fragt die Köchin, als Loni in der Küche angelangt ist und die Bestellung überbringt.

„Wozu wohl?", gibt Loni zurück. „Darauf, dass sie sich einig geworden sind, werden sie trinken, das hat doch der Herr durchs ganze Haus gebrüllt."

„Dass sie sich mit diesem Subjekt einig werden, begreife ich nicht", sagt die Köchin mehr an sich als an Loni gerichtet, während sie den Eisschrank aufschiebt und eine der dort ruhenden Champagnerflaschen entnimmt.

„Ich möcht ihn zwar nicht, mit seinem Karpfenblick, aber es gibt Schlimmere", findet Loni, „und dann ist doch die Amelie aus dem Haus. Sie hat mich immer bloß herumkommandiert und spüren lassen, dass ich nur ein Dienstbote bin. Dabei ist sie zu nichts gut - außer sticken und Haare flechten."

„Das stimmt schon", sagt die Köchin und lässt den Korken knallen, „aber zu beneiden ist sie nicht. Sie bekommt einen Mann, der hinter jedem Rock her ist und ich kann mir nicht vorstellen, dass er sich ändert, bloß weil er verheiratet ist."

*

Wiederum sitzt Max an seinem Schreibtisch und schaut in den verschneiten Garten hinaus. Er ist sportiv gekleidet: Gestrickter Pullover mit V-Kragen, hellblaues Hemd und taubengraue Hosen, über die er von den Knien an abwärts die Decke aus seinem Bett gelegt hat. Nun liest er kurz, hebt den Kopf wieder und memoriert Vokabeln aus dem Griechischen.

Es klopft und gleich darauf schaut Loni herein. Schon hat sie die Tür hinter sich geschlossen und kommt auf Max zu.

„Ich habe da etwas gefunden." Loni zieht ein Blatt aus ihrer Schürzentasche und hält es Max entgegen. „Und ich wollte Sie fragen, ob Sie die Schrift vielleicht kennen."

„Warum das denn?"

„Also, es ist sehr wichtig und es dauert nicht lang."

Loni legt das Blatt vor ihn hin, mitten auf die griechischen Vokabeln. Nun nimmt er es doch und überfliegt es.

Loni wird ungeduldig: „Kennen Sie jetzt die Schrift oder nicht?"

„So eine Krakelei stammt wohl von einem Kind. Hier im Haus schreibt niemand so. Das Fräulein ermahnt mich zwar immer wegen meiner Schrift, aber im Vergleich hiermit schreibe ich ja direkt schön."

„Dann hat sie's wohl wirklich geschrieben", sagt Loni. „Ich meine das Dienstmädchen vor mir. Ich habe das Blatt im Bett gefunden. Sie hat es in die Matratze hineingeschoben, in einem Umschlag. Soll ich Ihnen vorlesen?"

Loni erhält das Blatt zurück und liest recht flüssig ein Gedicht vor. Es handelt von Sehnsucht und unerfüllter Liebe. Max hört zu, sichtlich peinlich berührt von den einfallslosen, vorhersehbaren Reimen, dem konventionellen Inhalt.

„Also, eine Sappho ist an ihr nicht verlorengegangen", sagt er schließlich, obwohl Loni die Anspielung kaum verstehen wird. „Und außerdem kannst du dir doch denken, wer es geschrieben hat, wenn du es in ihrem Bett findest. Wahrscheinlich war ihr abends langweilig und da hat sie das Reimen angefangen."

Loni faltet das Blatt sorgfältig zusammen und verstaut es in ihrer Schürzentasche.

„Wissen Sie, wo sie jetzt ist?", fragt Loni ganz sachlich.

„Nein, das weiß ich nicht. Ich will es auch gar nicht wissen. Es geht mich nämlich nichts an."

Anstatt sich zurückzuziehen beugt Loni sich zu Percy hinunter, der schon längere Zeit erwartungsvoll zu ihr aufschaut. Sie fördert aus ihrer Schürze ein Stückchen Wurst zutage, das der Hund gierig aufschnappt. Loni nähert sich dem Schreibtisch, und damit auch Max.

„Wo ist eigentlich Danzig?", fragt sie und legt ihre rau aussehende Mädchenhand auf den Globus, stupst ihn an.

Max bringt die Kugel zum Stillstand.

Sehr schnell hat er die Stadt ermittelt und zeigt auf den sie markierenden roten Punkt.

„Hier. Danzig ist eine alte Hansestadt, an der Mündung der Weichsel in die Ostsee. Warum interessiert dich das überhaupt?"

Loni antwortet ohne Verzögerung: „Ja, weil doch das Fräulein aus Danzig ist, da möchte ich wissen, wo das ist."

Max erläutert nun noch, dass das Fräulein streng genommen nicht aus Danzig selbst stamme, sondern aus Oliva, einer berühmten Sommerfrische nicht weit davon entfernt. Und Loni beschreibt, wie einmal Sommerfrischler in ihr Dorf gekommen und furchtbar enttäuscht gewesen seien, weil niemand für sie tanzen und jodeln gewollt habe.

„Also, wenn du wirklich etwas über Danzig wissen willst, kannst du das Fräulein einmal fragen, aber nur, wenn nichts zu tun ist", schließt Max das Gespräch ab.

„Das kommt aber nicht vor", sagte Loni in eindeutig ironischem Tonfall.

Max horcht auf, und zum ersten Mal scheint er sie als Person wahrzunehmen. Er unternimmt auch gleich etwas dagegen, indem er nach seinem Heft greift und beginnt, griechische Vokabeln vor sich hinzusprechen.

Loni hat verstanden und verabschiedet sich.

*

„Vor allem möchte ich von dir nichts hören", sagt die Hausdame.

„Ist recht", antwortet Loni.

„Hör endlich mit diesem dämlichen Spruch auf."

„Jawohl, gnädiges Fräulein."

„Und eines noch: Beim Staubwischen arbeitest du nächstes Mal weniger oberflächlich, ich hätte alles selbst nacharbeiten können!" Die von Borgh hält ihren Zeigefinger vor Lonis Augen, als ob er voller Staub wäre und Loni fixiert den Finger aus nächster Nähe.

„Ein Staubtuch verwendet man folgendermaßen", beginnt die Hausdame dann und zieht – wohl mangels eines besser passenden Demonstrationsobjektes - ein spitzengesäumtes Taschentuch aus ihrem seidenen Ärmel.

Die Ecken seien einzuschlagen, erklärt sie, während sie dies mit dem Taschentuch tut, um dem Staub die Flucht aus dem Tuche zu erschweren. Gegenstände seien aufzuheben und mit größter Vorsicht an ihren Standort zurückzustellen, anstatt um diese einfach nur herumzuwischen wie Loni es getan habe.

Nun nimmt die von Borgh einen Aschenbecher vom Tisch, befreit erst die Platte und danach das schwere Objekt vom Staub, stellt dieses übermäßig behutsam wieder an seinen Platz.

Jeder Gegenstand einzeln, wiederholt die Hausdame, das müsse Loni doch von ihrer früheren Stellung her kennen.

„Auf dem Land gibt's keinen Staub", sagt Loni.

Doch die Hausdame versteht hier keinen Spaß. Für diese dämliche Bemerkung entfalle der nächste Sonntagsausgang, entscheidet die von Borgh und kommt dann auf die bevorstehende Abendeinladung zu sprechen.

„Also, erst trägst du die Suppe auf. Zuerst für Frau Rat, das ist die ältere Dame mit dem Zwicker. Dann für Frau Dr. Kätzlmeier, das ist die etwas jüngere Dame. Dann für Dr. Kätzlmeier, dann für Herrn Dr. Morelli, ihn kennst du ja. Dann für den gnädigen Herrn, dann für Fräulein Amelie und dann für mich. Also?"

Loni rekapituliert die Reihenfolge. „Herr Max!", fällt ihr dann ein. „Kriegt er vielleicht nichts?"

„Herr Max ist außer Hause. Also, Apollonia, merke dir: Alt vor jung, Dame vor Herr. Beim Hauptgericht genauso. Dann wartest du, und dann gehst du mit den Schüsseln noch einmal herum, verstanden, und zwar bietest du dann zuerst mir etwas an. Ich werde ablehnen und danach gehst du wieder herum."

„Wie lang soll ich abwarten?", fragt Loni mürrisch.

Die von Borgh zwingt sich zur Ruhe. „Bis ich fast fertig bin, das kann doch nicht so schwer sein! Und zwar immer von links, wie wenn wir alleine sind auch!"

„Deine linke Hand - welche ist das jetzt gleich wieder?", fragt sie.

Loni hält ihr die linke Hand sehr dicht unter die Nase.

„Gut", atmet die von Borgh aus. „Also noch einmal, serviert wird von links, eingeschenkt von rechts. Die Gläser behältst du immer im Auge und sobald eines leer ist, schenkst du nach. Natürlich nicht, wenn jemand das Glas wegzieht oder gar die Hand darüber hält, verstanden? - Und: Ein freundliches Gesicht ist das beste Gericht!" Mit diesen Worten ist Loni entlassen.

Unten in der Küche ist Bertha Oberhofer damit beschäftigt, ein Kalbshirn abzuhäuten. Amelie sieht zu, wie die Köchin mit einem eigens frisch gewetzten Messer die dünne graue Haut abzieht und die mürbweiche Masse freilegt. Als dies vollständig geschehen ist, gibt die Köchin das Hirn in eine Schüssel und zerdrückt es mit einer Gabel. Sie gibt mehrere Löffel Fett hinzu.

„Das wird jetzt gut miteinander verrührt", erklärt sie, „die Eier daran, Fett, das eingeweichte Brot, Salz, Muskatnuss, Petersilie, je nachdem, wie man es geschmacklich haben will. Dann in die Form und vierzig Minuten backen. Wenn alles fertig ist, schneide ich Würfel und gebe die Fleischbrühe darüber."

„Wir haben das in der Kochschule aber etwas anders studiert", sagt Amelie.

„Ja, jede Köchin hat ihre eigene Art", sagt die Oberhofer beruhigend, „und selbst kochen werden Sie ja nur ganz selten."

Doch Amelie will sich unbedingt nützlich machen, legt nun ein Bündel blasse Petersilie auf ein Holzbrett und beginnt damit, die Petersilie mit einem Wiegemesser zu schneiden.

„Aber wenn man als Hausfrau Bescheid weiß, kann man dem Personal bedeutend besser auf die Finger sehen", sagt jetzt die von Borgh, die sich lautlos genähert hat, „denn wo immer eine Dienende Unwissenheit der Hausfrau entdeckt, wird sie Vorteile daraus ziehen!"

„Machen Sie sich jetzt bereit", fordert das Fräulein Amelie dann auf, „in siebzig Minuten erscheinen unsere Gäste."

„Und du polierst noch einmal das Geschirr und alle Gläser nach, ich habe dort oben manches gesehen, was mir ganz und gar nicht gefällt", wendet sie sich an Loni, die ihr genauso lautlos gefolgt ist.

„Ich bin sicher, dass die Marie verliebt war", sagt Loni, als die von Borgh und Amelie gegangen sind.

„Die Marie?", wiederholt die Oberhofer, als ob sie nicht wüsste, wen Loni meint.

„Ja, sie hatte jemand", erklärt Loni ungeduldig, „jemand, in den sie sehr verliebt war."

Die Köchin greift nach dem Wiegemesser, um die von Amelie achtlos liegengelassene Arbeit weiterzuführen. Sie setzt an, überlegt es sich anders.

„Also, ich weiß davon nichts. Sie war alle zwei Wochen im Dienstmädchenverein, sonst hat sie am liebsten gelesen. Bis in die tiefe Nacht, das hat die Borghsche gar nicht gern gesehen. Manchmal ist sie hinaufgeschlichen und hat kontrolliert. Wenn sie die Marie dann mit einer Kerze erwischt hat, hat's gewaltig was aus der Armenkasse gegeben!"

„Aus der Armenkasse?", fragt Loni.

„Ja", erklärt die Köchin, „gezüchtigt hat sie sie, mit einem Kleiderbügel, das sagt die Borghsche so."

„Und deswegen ist sie gegangen?" Lonis Frage klingt wie eine Feststellung und die Köchin geht in die Falle.

„Nein, nicht deswegen. Aus einem anderen Grund. Aber du sollst mich nicht immer so ausfragen." Die Oberhofer ordnet die Petersilie neu an, bewegt wieder das Wiegemesser.

„Jungbluth hat sie gemalt. Dann muss sie ihm doch gefallen haben", sagt Loni.

„Ja, dafür hat sie aber zwölf Mark bekommen, als Malermodell. Und es wird auf keinen Fall unschicklich, hat er versprochen, sonst hätte die Marie sich nicht darauf eingelassen. Wenn er dich fragt, dann sagst du aber nein. Deiner Mutter wäre es nämlich nicht recht."

„Der fragt mich schon nicht, ich bin dafür zu dünn", sagt Loni und, nach kurzer Überlegung: „Wie ist es mit Max? Hat er vielleicht was mit ihr gehabt?"

„Loni!", die Köchin gibt die Petersilie zum Hirn, rührt sie hinein, „hör jetzt mit deinen Fantastereien auf. Sie hat mir nichts erzählt. Die Marie ist eine ganz Stille. Sie redet nur, wenn es unbedingt sein muss. "

Loni holt kommentarlos das Blatt heraus, hält es ihrer Tante entgegen. Die Oberhofer muss erst ihre Brille suchen, dann nimmt sie es und liest, anscheinend ohne größere Schwierigkeiten.

Sie faltet das Blatt nun, hebt mit dem Schürhaken die eiserne Platte vom Herd und wirft das Blatt hinein. Es flammt auf, fällt zusammen, wird aufgezehrt. Klappernd schließt sich die schwere Platte. Loni beobachtet alles mit einem gewissen Vergnügen.

„Weißt du", sagt sie, als die Oberhofer sie zufrieden ansieht, „ich habe noch mehr solche Blätter, weil sie das Gedicht immer wieder neu geschrieben hat. - Aber Tante Berthl", Loni hält die Oberhofer an den Schultern fest, sodass sie nicht ausweichen kann und ihr in die Augen sehen muss, „du weißt doch, was mit ihr ist - warum sagst du es mir denn nicht?"

*

„In dieser Suppe wohnt die Kraft des Fleisches", lobt Morelli die von Bertha Oberhofer schon am Vortag zubereitete Brühe. Ein Kilo Rindfleisch, gut ge-

klopft und gewaschen, hat die Köchin dafür aufge-
wendet. Dazu noch ein Stück Leber, ein Herz und einen schönen festen Knochen.

Das Fleisch wurde in einem Topf mit zwei Litern
Wasser und einem Esslöffel Salz auf den Herd gesetzt
und Loni musste fleißig den aufsteigenden Schaum abnehmen. Dann hat die Köchin einen Bund mit Sellerie,
Porree, Petersilie und einer gelben Rübe dazugegeben,
den Topf von der Herdmitte auf ein weniger heißes
Areal verschoben und so lange weiterköcheln lassen,
bis das Fleisch weich war. Nun hat sie das aufgestie-
gene Fett abgeschöpft und in ein Töpfchen gefüllt, das
Fleisch entnommen und die Flüssigkeit zweimal durch
ein Sieb gegossen. Das so gewonnene Suppenfleisch
hat die Köchin der Familie zum Abendessen vorge-
setzt. Das Stück Leber wie auch das Herz dienten zur
Füllung des für die Einladung vorgesehen Geflügels.

Morelli isst die Brühe samt der darin befindlichen
Hirnpflanzerl mit Behagen und leichtem Schlürfen,
was die Hausdame mit einem nur bei schärfster Beobachtung bemerkbaren Hochziehen ihrer Augenbrauen begleitet.

Auch an den begleitend gereichten Pastetchen mit
Kaviar tut sich der Doktor ausführlich gütlich, während die übrigen Gäste sich bereits über gemeinsame
Bekannte unterhalten. Amelie, rechts von Morelli sitzend, achtet genau darauf, dass jeder Wunsch ihres
Zukünftigen prompt erfüllt wird. Sie winkt jetzt gebie-
terisch Loni zu, welche daraufhin die Madeiragläser
füllt.

Es gibt viel zu tun, denn schon steht der nächste Gang bereit: Kalbszungen in Sardellensauce mit Kartoffeln, die Loni nach dem Wegräumen der Suppentassen jetzt eilig heranschafft, um ein unerwünschtes Abkühlen zu verhindern. Bei der Frau Rat beginnend, bietet sie erst die halbierten, mit der Sauce bereits großzügig übergossenen Zungen dar, dann hebt sie den Deckel von der gewaltigen Schüssel mit dampfenden Kartoffeln und macht mit diesen die Runde.

Der Verzehr setzt ein.

Nun heißt es aufmerksam sein, denn einer der Gäste könnte nachfassen wollen. Um dieses Verlangen nicht durch unangebrachte Bescheidenheit eines Gastes zu gefährden, bietet Loni weisungsgemäß erst der Hausdame noch eine zweite Portion an, die diese auch annimmt, aber nicht verspeist. Danach ist der Weg frei für die anderen, die sich nun ebenfalls nochmals Zunge mit Kartoffeln geben lassen. Einzig Amelie lehnt ab. Ihr Lächeln gilt dabei nicht etwa Loni, die ihr die Speisen vorhält, sondern Dr. Morelli, der mit Amelies Verzicht nicht einverstanden ist und sie scherzend ermuntert, doch noch einmal zuzugreifen, was Amelie mit einer gezierten Handbewegung zurückweist. Loni geht endlich weiter.

Ein dreifach wiederholtes Summen ist für sie das Zeichen, nunmehr den nächsten Gang heraufzuholen: Indianbraten mit Kompott. Knusprig braun ist die durch Bedecken mit butterbestrichenem Papier geschmeidig gehaltene Haut des beeindruckenden Vogels, mit weißen Hütchen sind die Füße umwickelt, damit sie durch ihren Anblick nicht den Appetit verderben möchten, verlockend dringt die Füllung aus drei ganzen Eiern, Leber, Herz, Petersiliengrün und Muskatnuss aus der Öffnung zwischen den von deren Andrang leicht gespreizten Geflügelbeinen.

Nachdem Loni den Truthahn auf dem Tisch platziert hat, erhebt sich Jungbluth und tranchiert. Die Gäste sehen zu, wie ihr Gastgeber seines angenehmen Amtes waltet und ein jeder wird in Gedanken schon sein Stück wählen.

„Und wenn morgen die Welt unterginge", verspricht Jungbluth unter dem zustimmenden Gelächter seiner Gäste, „so würde ich heute noch die Oberhofer einen Braten machen lassen."

Das Mädchen geht nun auf einen Wink des Hausherrn hin herum und ein jeder spießt mit einer mächtigen Silbergabel das gewählte Stück auf - Flügel, Brust oder Schlegel - je nach persönlicher Neigung und noch möglicher Auswahl. Dazu gibt es Apfelkompott, aus den Früchten des eigenen Gartens in Zamdorf gewonnen, wie die Hausdame auf Nachfrage berichtet.

Nun sind alle beschäftigt, bis auf Loni, die ein wenig zurückgezogen an der Wand steht und die Speisenden beobachtet. Entfernen darf sie sich natürlich nicht, das hat das Fräulein von Borgh ihr strengstens eingeschärft, denn das kleine Souper ist ja noch nicht beendet: Zwar ist der Truthahn bis auf die Knochen vertilgt, aber schon stellt die Oberhofer zwei Schalen mit Mandelcreme, diverse Sorten Käse, Birnen und Trauben bereit.

Jetzt, da das Hauptessen beendet ist, lebt das Gespräch merklich auf.

„Was macht denn die Kunst?", wendet sich Dr. Kätzlmeier in jugendgemäßem Ton nicht an Jungbluth, sondern an dessen Tochter, die, als sie sich so überraschend im Zentrum der Aufmerksamkeit wiederfindet, leicht errötet und nicht gleich eine Erwiderung findet.

„Nun, derzeit hat sie andere Dinge im Kopf", antwortet Jungbluth.

„Aber lieber Professor, ich finde es eine so passende Beschäftigung für ein junges Mädchen. An einem Sonntagnachmittag in Gottes freier Natur zu sein und deren Schönheiten mit dem Pinsel festzuhalten … Ich habe selbst in meiner Jugend gerne gemalt. Leider konnte ich meine Kunst dann nicht weiter pflegen, aber wie gerne hätte ich das getan."

Jungbluth wischt die Erinnerungen der Frau Rat mit einer Handbewegung weg.

„Ja, ja, das kann schön sein, aber nicht, wenn einen die Plebejer ständig behelligen und jeder meint, sich auslassen zu können, was man malt, und ob es gut oder schlecht oder medioker sei, wie das heute immer mehr in Mode kommt. - Ich habe Amelie zum Blumenmalen geraten, das kann sie auch im Garten tun. Und bei aller Bescheidenheit – sie hat durchaus Talent."

Das findet auch die Hausdame, welche die Gäste nun darüber belehrt, dass zu einer Landschaftsmalerei, die diesen Namen verdiene, eine eiserne Konstitution gehöre, da man sich stunden- wenn nicht tagelang Sonnenglut, Wind und Wetter aussetzen müsse, wovon der Professor ein Liedlein singen könne.

Jungbluth sitzt während dieser schmeichelhaften Erklärung seiner Angestellten still da und genießt die Verehrung der Gäste.

Er sei, erzählt er dann leutselig, gar einmal in eine tätliche Auseinandersetzung mit Einheimischen verwickelt worden, die seine Wiedergabe einer Wildererszene vereiteln wollten, nicht auszudenken, was eine Dame an seiner Stelle da getan hätte.

„Nichts!", findet nun Morelli, „so wie die meisten Malerweiber aussehen, traut sich so leicht keiner heran!"

Doch da kommt Loni mit der Bowle herein. Der Anblick des Getränkes gibt Amelie Gelegenheit, nun endlich auch am Gespräch teilzunehmen.

„Im September machen wir wieder unser Weinfest, nicht wahr, Papa? Es ist immer so wundervoll – nur letztes Jahr hat es leider so geregnet."

„Ja, sicher", antwortet der Hausherr, „aber bei schlechtem Wetter fällt es aus, ein zweites Mal gebe ich mein Atelier dafür nicht her. Das war ja wie beim Einfall in Rom seinerzeit, der reine Vandalismus!"

Die Gäste erinnern sich nun an den - man streitet ein wenig darüber - fünf, sechs oder gar sieben Tage - ununterbrochen fallenden Regen, an den durch die Überflutung der Elektrizitätswerke eingetretenen Stromausfall, an das Versagen der Gasversorgung und die Einstellung des Trambahnverkehrs, an die von dem wild gewordenen Gebirgsfluss angerichteten Verwüstungen.

Von den überspülten und abgestürzten Dämmen spricht man noch einmal, von den am Oberlauf der Isar aus ihren Verankerungen gelösten Flößen, deren bald einzeln dahintreibende Stämme zu einer Gefahr ersten Ranges wurden, von dem auf den Wellen schwimmenden Hausrat des von der Kalkinsel mitgerissenen Gebäudes, vom durch die Fluten bedrohten Neubau des Müllerschen Volksbades am Gasteig, von aus dem Oberland angeschwemmten Leichen, deren Geschlecht, vermutlicher Identität und Auflösungsgrad, vom Einsturz der Brücken, erst der Bogenhauser, und dann auch der neuen Luitpoldbrücke am Tag danach.

„Ach, war das aufregend", erinnert sich Amelie atemlos, „wir wollten das Fest ja absagen, aber wir konnten nicht mehr alle verständigen, und etliche sind trotzdem gekommen, vor allem welche von unserer Isarseite, und es war ganz unheimlich und dunkel im Haus. Alle Gäste sind mit Kerzen und Laternen durchs Haus gelaufen und haben sich gegenseitig erschreckt und lauter solche Dinge."

„Das waren Schüler von mir, denen habe ich dann schon ausgedeutscht, was von einem derartigen Benehmen zu halten ist", ergänzt Jungbluth, „aber das mit den Leichen aus dem Oberland stimmt gar nicht. Das haben die Leute erfunden, in ihrer Sensationsgier."

„Waren Sie auch dabei?", wendet sich die Frau Rat an ihr in Schweigen versunkenes Gegenüber.

„Ich? Nein", sagt Morelli nur.

„Und Marie, unser damaliges Dienstmädchen, das wir ja nach Schwabing hinübergeschickt hatten, um den Gästen zu sagen, dass das Weinfest ausfällt, sie ist noch über unsere Brücke hinüber", berichtet Amelie nun, „und sie hat später erzählt, dass sie's gespürt hat, dass die Brücke gleich einstürzt, so gewackelt und gezittert hat sie schon, und nicht mehr zurück wollte sie deswegen, und am Abend ist die Brücke dann wirklich eingestürzt, mein Bruder hat's gesehen, wie ein Schutzmann und ein paar andere gerade noch heruntergekommen sind. Im allerletzten Augenblick!"

Die Gäste schweigen beeindruckt, und Amelie, die Wirkung ihrer Erzählung genießend, wirft stolze Blicke in die Runde, gerade so, als ob sie selbst sich aus freiem Willen ihren Gästen zuliebe auf den gefährlichen Weg gemacht hätte und nicht das wehrlose Dienstmädchen geschickt worden wäre.

„Das Dienstmädchen", fügt die die Hausdame jetzt belustigt hinzu, „hat diese Naturkatastrophe gleich derart aus der Bahn geworfen, dass es zwei Tage lang verschollen war!"

Alle lachen herzlich über den so typisch nordisch-trockenen Humor der von Borgh.

„Und wie sind ihre Gäste dann wieder zurückgekommen?", fragt Dr. Kätzlmeier.

„Die meisten wollten das gar nicht", sagt Jungbluth, „die haben lieber meinen Weinkeller geplündert, und als alles ausgesoffen war, haben sie sich irgendwo eingerollt und ihren Rausch ausgeschlafen. Wahrscheinlich liegen noch immer ein paar von ihnen hier herum, wer weiß."

„Tand, Tand, ist das Gebilde von Menschenhand", rezitiert Dr. Kätzlmeier jetzt und führt bedächtig das Glas zum Mund, „gespannt bin ich, wann die Brücken wieder aufgebaut sind."

„Nun, die neue Luitpoldbrücke ist schon nächstes Jahr fällig", sagt seine Frau, „und schön wird sie, viel breiter als vorher, der Prinzregent stiftet sie zum zweiten Mal. Und mit dem Bau seines Theaters soll demnächst ja auch begonnen werden."

„Darauf lasst uns anstoßen!" Jungbluth, seine Gäste nunmehr duzend, erhebt sich:

„Vivat!"

„Aber für uns wird's dann nicht mehr reichen", meint Amelie ungewohnt pessimistisch, „sie lassen uns bestimmt die Notbrücke!"

Die Hausdame erinnert sich an ihre Heimat, berichtet von der wegen starker Fröste gewöhnlich sehr dicken Eisdecke des Weichselstroms, deren später und plötzlicher Abbruch immer aufs Neue die Kulturflächen bedrohe. Dann nickt sie Jungbluth zu und hebt die Tafel auf. Alle gehen in den Wintergarten hinüber, die von Borgh als letzte. Sie beauftragt Loni zuvor noch, abzuservieren und dann gleich den Kaffee zu bringen.

Loni verstaut das Essgeschirr unter erheblichem Geklapper im Aufzug, setzt diesen in Bewegung, entlädt ihn unten und schickt den Kaffee hinauf, bedient im Wintergarten und lässt sich dann endlich bei der Oberhofer nieder, welche die Reste des Soupers - Kartoffeln mit Fett und Apfelkompott sowie die nicht verzehrte zweite Portion der Hausdame - schon aufgewärmt und auf zwei Suppenteller verteilt hat. Quer über Lonis Teller liegt der Truthahnhals.

„Die Borghsche hat's erlaubt", sagt die Köchin, „und verdient haben wir's uns auch. Morgen kommt eine Hilfe zum Abwasch und zum Nachputzen. Beim Servieren spart er ja, wo er grad kann."

Nachdem die Köchin ein Tischgebet gesprochen hat, schaufeln die beiden schweigend alles in sich hinein. Loni nagt nebenbei den Truthahnhals ab.

„Und", fragt die Oberhofer, als die Teller leer sind, „was haben sie verhandelt?"

Loni gibt einen Überblick. Von anderen Leuten hätten sie geredet, von der Kunst, vom Gartenfest, vom

Brückeneinsturz, vom dieses Jahr so ungewöhnlich harten Winter – eben dieses und jenes. Und: Morelli hätte immer zum Fräulein Amelie hinübergeäugelt wie ein besoffener Karpfen - und sie zu ihm. Beim Aufstehen hätte er dann eine Blume aus dem Gesteck gezogen und sie in sein Knopfloch getan, weil sie so reizend und so zart sei wie Amelie selbst. Die, also die Blume, wolle er heute Nacht auf sein Kopfkissen legen und darauf schlummern und sie überhaupt nie mehr hergeben. Sogar die Borghsche hätte ganz gerührt geschaut.

Während Loni sich noch die Lachtränen aus den Augen wischt, ertönt ein Summen. Loni fährt mit dem Schürzenzipfel über ihr Gesicht. Schon summt es wieder.

In der Tat: Die Gäste stehen bereits in der Diele und warten auf ihre Garderobe. Loni, von Jungbluth in das Zimmer neben der Eingangstür gewiesen, macht sich mit den Mänteln, Capes, Hüten, Stöcken und Überschuhen zu schaffen und bringt alles wild durcheinander herbei.

„Heiliger Himmel", stöhnt die Hausdame in übertriebener Weise, „dieses Landei kostet mich noch die ewige Ruhe."

„Das ist ein Rohdiamant, meine Liebe", scherzt Morelli und setzt seinen Hut auf, „daraus wird schon noch eine echte Perle."

„Na, Ihr Wort in Gottes Ohr", sagt die von Borgh übertrieben ergeben.

Sie gibt, als niemand darauf achtet, Loni einen gar nicht scherzhaft gemeinten Klaps auf das Hinterteil. Loni fährt herum, doch die Hausdame hat sich gleich abgewandt und zupft nun der Frau Rat ein weißes Haar vom dunklen Witwenmantel. So, als ob nichts wäre. Es ist ja auch nichts Besonderes, nicht für die von Borgh und nicht für die anderen Gäste, aber in Lonis Augen funkelt die Wut, als sie ausgerechnet von Amelie aufgefordert wird „endlich einmal auch etwas zu tun" und die Laterne zu holen.

Jungbluth persönlich geleitet seine Gäste durch den Garten zum Tor. Das Ehepaar geht in Richtung Dorf davon, Morelli steigt in eine schon wartende Droschke, die ihn nach Schwabing bringen wird. Und Loni fällt es zu, die Frau Rat nach Hause zu begleiten, hinüber in die Maria-Theresia-Straße. Jungbluth händigt ihr zu diesem Zweck die Laterne aus, mit dem Auftrag, gut darauf achtzugeben und sich ohne Aufenthalt wieder auf den Heimweg zu machen.

„Woher kommst?", beginnt das Gespräch, als beide nebeneinander den einsamen Weg entlanggehen.

„Von Mamming", sagt Loni ohne weitere Erklärung.

„Bist du gern in München?"

„Es geht."

„Sicher hast du noch nicht so viel gesehen, aber es ist eine schöne Stadt. Manche nennen sie sogar Isar-Athen, weil sie so schön ist, wegen der Bauwerke und anderen Sehenswürdigkeiten. An deinem freien Nachmittag spazierst du einmal in den Englischen Garten hinüber und siehst dich um. Natürlich nicht allein, sondern nur zusammen mit einer anderen Frauensperson. Kennst du denn schon jemand?"

„Ja, unsere Köchin, sie ist ja meine Tante und dann habe ich noch meine Schwester, die dient auch, aber nicht in Bogenhausen, sondern im Tal."

„Na, siehst du, dann bist du ja gar nicht allein. Wohin gehst du denn zur Messe?"

„Nach Sankt Georg."

„Sehr schön", sagt die Frau Rat.

Loni gibt dem Gespräch eine neue Wendung.

„Die, die vor mir als Dienstmädchen da war, haben Sie die auch gekannt?"

„Ja, obwohl ich nur mehr selten bei den Jungbluths bin. Mit meinem Mann selig bin ich öfter zu Besuch gekommen. Ich kannte deinen Gnädigen schon, als er noch drüben in München wohnte. Da war auch seine Frau noch da, eine feine Frau. Nach ihrem Tod hat er dann das Fräulein geholt, damit sie Max und Amelie erzieht, aber eine Mutter ersetzt sie natürlich nicht."

„Und das Dienstmädchen, also Marie: Warum hat sie die Stellung aufgegeben?"

„Du brauchst dir keine Sorgen zu machen", glaubt die Frau Rat verstanden zu haben, „du hast dort keinen schlechten Platz, wenn du deine Arbeit brav machst und anständig bist. Und mit dem Fräulein musst du dich halt einrichten. Man kann viel von ihr lernen, sie war in sehr guten Häusern."

Loni geht darauf nicht ein. Stattdessen erzählt sie - von der alten Dame ausdrücklich aufgefordert - von Mamming, von ihrer Mutter, von ihren Geschwistern. Fest sparen solle sie, rät die Frau Rat, dann könne sie etwas von ihrem Lohn zurücklegen und eines Tages heiraten, das werde sich alles finden. Für die Aufgaben einer Hausfrau sei das Dienen allemal eine gute Schule.

„Hier ist es", sagt die Frau Rat, „und vergiss nicht, morgen ist Sonntag. Und wenn du einmal Zeit hast, dann schau gerne bei mir herein." Sie drückt Loni ein Geldstück in die Hand, das sie schon die ganze Zeit in ihrer Manteltasche gehabt haben muss.

Es ist die kleinste aller Münzen.

*

Am Nachmittag, an diesem Sonntagnachmittag, soll Loni Fräulein Amelie vom Anstandskurs abholen und nach Hause begleiten. Danach könne sie tun, was ihr beliebe, hat die von Borgh erklärt, aber nur bis acht Uhr dreißig. Sie beschreibt Loni noch einmal den Weg: Die Ismaninger Straße nach Süden entlang, bis zum großen Platz, dann nach rechts in die Äußere Maximilianstraße. Da sehe sie schon das Schild des Instituts. Dort solle sie vor der Haustür stehenbleiben, bis das Fräulein Amelie herauskomme.

Loni legt den Weg die Ismaninger Straße entlang singend zurück. Es ist ein strahlender Tag, der Schnee glitzert in der Sonne, Tropfen hängen in den Zweigen, heiter ist die Stimmung mit einem Mal, Tauwetter.

Doch da sind zwei Buben, auf der anderen Straßenseite.

„Bedienung!", rufen sie. „Bedienung! Aber dalli, dalli!"

Loni hört auf zu singen und bleibt stehen.

„Bedienung!" rufen die Buben wieder. Sie sind vielleicht elf oder zwölf Jahre alt. Loni zögert nicht lange und wechselt die Straßenseite.

„Sagt das noch einmal!", fordert sie die beiden auf, sobald sie vor ihnen steht. Einer weicht schon etwas zurück, lacht aber weiterhin. Der andere tritt vor.

Da packt Loni ihn am Ohr und reißt ihn zur Seite. So überrascht ist er, dass er sich nicht wehrt, als sie ihm mit der geballten Faust gegen die Schläfe schlägt. Er taumelt zurück, während sein Freund flieht, statt ihm zur Hilfe zu kommen.

Der Gegner hat sich jetzt gefangen und packt Lonis langen Zopf, zieht ihren Kopf daran nach hinten. Loni greift weiter oben danach, um den Schmerz nicht zu fühlen, und tritt gleichzeitig mit ihrem Fuß gegen sein Knie, einmal, zweimal, dreimal, viermal. Er lässt den Zopf los und reißt ihr taumelnd das Häubchen herunter, Loni tritt nach. Er rappelt sich auf und rennt davon.

Loni nimmt sofort die Verfolgung auf, wobei ihr Häubchen unbeachtet im Schnee zurückbleibt. Die Ismaninger Straße entlang, dann Stufen hinab in ein mehrere Meter unter dem Straßenniveau liegendes Areal. Windige Herbergen, an denen grünschwarz der Schimmel hinaufzieht, notdürftig geflickte Dächer, Regentonnen und Aborte. Loni läuft weiter, bleibt dann stehen. Die beiden Buben sind verschwunden, nur ein massiger, pockennarbiger Mann tritt vor seine Haustür, mit nachlässig aufgekrempelten Ärmeln und in Filzlatschen mustert er Loni herausfordernd.

„Willst zu mir?", fragt er.

Doch da fliegt von irgendwoher ein Etwas, trifft Lonis Schulter, prallt ab und landet vor ihren Füßen. Sie schaut hinunter, auf eine halb verweste Ratte. Der Mann lacht schadenfroh und Loni tritt fluchend den Rückzug an.

Sie ist schon bald an ihrem Ziel angelangt, trotz der Verzögerung rechtzeitig. Die Sonne erleuchtet gerade noch das obere Viertel des gediegenen Hauses, das so erstaunlich nah an dem städtebaulichen Schandfleck liegt. Loni positioniert sich vor dem Eingang und macht ein paar übermütige Tanzschritte. Sie bemerkt nicht, dass sich ein Herr im Pelzmantel genähert hat.

„Tanzt gern?", fragt er mit vertraulich gedämpfter Stimme.

Loni erstarrt kurz. Dann aber fängt sie sich.

„Guten Abend, Herr Morelli."

„Doktor Morelli, so viel Zeit muss sein", mahnt Morelli. „Wartest du vielleicht auf das Fräulein Amelie?"

„Ja", sagt Loni knapp.

„Stell dir vor, Apollonia, ich warte auch auf das Fräulein Amelie. Es soll nämlich eine Überraschung sein."

Loni tritt einen Schritt zur Seite.

„Wie gefällt dir denn München?", fragt Morelli. „Bist schon herumgekommen, ich meine, hast schon was gesehen, außer dem Besenschrank und dem Teppichklopfer?"

„Ja, zum Beispiel das Geschäft von Frau Petzet", antwortet Loni mit undurchdringlichem Gesichtsausdruck.

„Nein, ich meine doch nicht so etwas. Ich meine: Bist in einem Kabarett gewesen oder in einem Varieté, im Eldorado oder im Colosseum? Oder wenigstens im Café Central, auf ein amerikanisches Getränk?"

Morelli zählt noch andere Namen auf, malt verschiedene Attraktionen aus und beendet seinen Vortrag erst, als eine ältere Dame und ein weiteres Dienstmädchen hinzukommen und ihn neugierig mustern. Da macht Morelli auf übertriebene Weise „schsch" - wobei er den behandschuhten Zeigefinger vor die gespitzten Lippen hält - und verbirgt sich im nächsten Eingang.

Nun öffnet sich die Haustür und lauter junge Mädchen strömen heraus. Sie tragen lange Mäntel und

Knopfstiefelchen, die Haare sind zu kunstvollen Frisuren aufgesteckt, auf denen elegante Hüte sitzen. Am auffallendsten ist Amelies Hut: Ein hohes, dunkelbraunes Samtgebilde mit breitem Rand, auf dem allerlei Stoffrosen und Schleifen angebracht sind.

„Du hättest ruhig heraufkommen und mir beim Anziehen helfen können", begrüßt sie Loni und verabschiedet sich mit einem Luftkuss von jeder ihrer Freundinnen.

Doch jetzt tritt Morelli lautlos hinter sie. Das Kichern der Mädchen verstummt und beeindruckt, ja respektvoll sehen sie zu, wie er Amelie von hinten an den Schultern packt und so verhindert, dass sie sich nach ihm umdrehen kann.

„Wer bin ich?"

„Gustav?", fragt Amelie.

„Dein Glück." Morelli löst seine Hände.

Amelies Freundinnen verschieden sich und gehen in verschiedene Richtungen davon. Gleich mehrere werden von der älteren Dame begleitet, eine geht lebhaft plaudernd neben dem anderen Dienstmädchen her.

„Mein schönes Fräulein, darf ich?" Morelli bietet Amelie seinen Arm an und sie hakt sich lächelnd bei ihm ein.

Loni folgt Amelie und Morelli auf dem Weg nach Hause. Morelli entscheidet, durch die Maria-Theresia-

Straße zu gehen, der prachtvollen neuen Villen wegen. Vor diesen machen Amelie und er einige Male halt.

Dann verringert sich Lonis Abstand naturgemäß, aber jedes Mal wendet sich Morelli nach ihr um und hält ihr warnend die Handfläche entgegen. Loni wartet in ein paar Metern Entfernung ab, bis die beiden weitergehen.

Dabei neigt Amelie ihren Kopf in Richtung von Morellis pelzbekleideter Schulter, mehr ist wegen des so unpraktisch ausladenden Hutes nicht möglich. An jeder womöglich vereisten oder nachlässig mit Kies bestreuten Stelle legt ihr Zukünftiger den Arm um ihre Mitte und geleitet sie fürsorglich hinüber.

Um Lonis Sicherheit kümmert sich der Doktor nicht, aber Loni marschiert auch so standfest vor sich hin, dass sich das erübrigt.

Oberhalb des Friedensengels bleibt Morelli wieder einmal stehen.

„Wir könnten an der Villa Stuck vorbeigehen", schlägt er vor. „Und ein bisschen ausspähen, was der Meister da so treibt. Sollen ja ganz besondere Dinge sein."

Amelie legt den Kopf schräg, um ihn ansehen zu können: „Lieber nicht. Papa meint, es ist ein miserabliger Protzbau. Und dass er ihm ein paar Hühner schenken möchte, damit dort auch einmal etwas Brauchbares produziert wird."

"Und so ein Protzbau ist ja auch riesig", meint Morelli, „da hat euer Zuhause viel menschlicheres Maß."

Sie überqueren die Äußere Prinzregentenstraße und sehen noch einmal zur Villa des Rivalen hinüber. Wie eine Erinnerung an eine schönere, höhere Welt liegt sie da. Grau und Gold. Portikus und Balkonterrasse, Auffahrtsrampe. Antike Statuen schauen vom Dach herab und die kapitolinische Wölfin hält auf der Balustrade Wache. Durch die geschlossenen Läden dringen Bänder aus Licht.

„Ich glaube, der Stuck ist in seinem Musiksalon", meint Morelli, „da lauscht er der Sphärenmusik und schaut ganz selig zum goldenen Sternenhimmel hinauf."

„Warst du denn schon einmal bei ihm zu Besuch, Gustav?", will Amelie wissen.

„Freilich, ich habe seine Gattin höchstpersönlich singen hören, sonst wüsste ich's ja nicht. Sie singt einfach wundervoll, die Frau Mary. Aber jetzt dreh dich einmal um – wie gefällt dir das?"

Amelie betrachtet die einem Barockschlösschen ähnelnde Villa hinter dem aufwändig bewehrten Gitter.

„Das ist eher etwas für Wien oder Prag" sagt sie dann ganz ernsthaft, „Papa meint sowieso, dass in Bogenhausen langsam alle verrücktspielen, was die Bauweise betrifft und jeder den anderen zeigen will, wozu er noch alles fähig ist. Bloß ein schiefer Turm fehlt uns noch, hat er gesagt."

„Meinst du denn, dass wir bei Hildebrand dann überhaupt vorbeigehen können?", fragt Morelli nun seine Zukünftige. „Oder hat der Herr Papa gegen ihn auch etwas?"

„Nein, gar nicht. Ihn mag er sogar sehr gern. Wir waren auch schon dort eingeladen und er, ich meine: Papa, sagt, dass es so ist, wie das Heim eines redlich schaffenden Künstlers sein soll."

„Ja, wenn das so ist, dann können wir ja beruhigt weitergehen. Und du", Morelli wendet sich an Loni, die noch immer zur Stuck-Villa hinüberschaut, „senk deinen Blick, der Ares ist nichts für tugendsame Jungfrauen, aber überhaupt nichts."

Zwar hat Loni die Statuen auf dem Dach gar nicht beachtet, zwar wird sie Morellis Worte nicht verstehen, aber dass hier ein Scherz auf ihre Kosten gemacht wird, wird sie sehr wohl verstehen. Ihr Gesichtsausdruck ist danach. Morelli bedeutet ihr nun mit der bewährten Geste, dass sie wieder zurückbleiben solle und führt Amelie weiter die Maria-Theresia-Straße entlang. Auf eine Dülfer-Villa weist er sie hin, auf steinerne Löwen und schmiedeeiserne Gitter, auf Turmzimmer und Fensterbänder im neuen Stil, auf Spähfenster und auf Rankenwerk an den Fassaden zeigt er - und macht dann Halt. Morelli legt seinen Arm um Amelie und richtet sie so aus, dass beide Seite an Seite auf die mit Gebüsch bewachsene Fläche schauen.

„Was meinst du, was das ist?", fragt Morelli.

„Ein Grundstück?", sagt Amelie.

„Ja, und was kann man damit anfangen? Mit so einem Grundstück, auf dem noch gar nichts steht – außer ein paar Holundersträuchern?"

Amelie braucht Zeit, aber sie versagt nicht vor der Herausforderung.

„Du meinst – da bauen wir hin?"

Loni schlägt sich mit der flachen Hand klatschend gegen die Stirn, aber diese respektlose Geste bleibt unbemerkt.

„Das werden wir. Am Freitag war ich beim Notar und einen Architekten weiß ich uns auch schon. Die Lage ist ideal, und bald ist das Terrain ganz unbezahlbar. Und es wird auch kein Schloss und keine altenglische Geisterburg, sondern bloß unser behagliches, gemütliches Heim. "

„Ich", setzt Amelie an, doch Morelli verstärkt den Druck seines Armes und schiebt ihren Hut weg, damit er ihr einen Kuss geben kann. Sich an den Händen haltend setzt das Paar den Heimweg fort, das zukünftige Haus beschreibend, ausstattend und mit noch ungeborenen Bewohnern belebend. Es geht nun den Abhang zur Isar hinunter, offenbar will Morelli die Wegstrecke verlängern. Amelie, kichernd und unablässig schwatzend, gerät mehrmals ins Rutschen, jedes Mal wird sie unverzüglich von ihm stabilisiert.

Durch das stille Bad Brunnthal spazieren sie, an den Gebäuden der Heil- und Kuranstalt vorbei, und unterhalb der Drachenburg wieder den Hang hinauf. Noch sind ein paar Schlittenfahrer zugange, fahren unter Gelächter in die Dämmerung hinein.

Am Pfarrhaus von St. Georg kommen sie vorbei, am Kirchlein selbst und an der Gaststätte Neuberghausen.

Jungbluth schlägt vor, hier einzukehren, doch Amelie findet, man könne daheim ebenso eine Tasse Tee trinken und sie würden erwartet. Noch schräg über die Lortzinger, dann über die Ismaninger Straße, die Anhöhe hinauf, bis der Weg zu Jungbluths Villa erreicht ist und alle in den Garten eintreten.

Morelli zieht diesmal unverzüglich die Klingel und kurz darauf öffnet die Köchin. Loni will hinter ihm und Amelie in das Haus schlüpfen, doch ihre Tante versperrt ihr den Weg: „Du weißt genau, dass du den Dienstboteneingang nehmen musst!"

Loni wendet sich wortlos um und geht die Stufen wieder hinunter. Als sie sich noch einmal umsieht, bemerkt sie, dass Max sie beobachtet. Er steht an seinem Fenster im ersten Stock, hält nach rechts und links die Vorhänge zurück und zeichnet sich deutlich gegen den hell erleuchteten Hintergrund ab.

Loni winkt ihm grüßend zu.

Er wolle sich elastisch halten, sagt Morelli beim Abschied zu Jungbluth und außerdem schätze er die Einsamkeit, die man im Unterschied zur Unrast der Stadt hier draußen noch genießen könne.

Daher geht Morelli an diesem Abend zu Fuß. Er hat es nicht eilig, bleibt immer wieder stehen, sei es, um seine Zigarre anzuzünden, sei es, um ein wenig in die Fenster zu spähen, sei es, um mit dem Stock spielerisch gegen schneebeladene Zweige zu schlagen. So fällt es Loni leicht, ihn einzuholen, an ihm vorbeizulaufen und sich dem überraschten Realitätenbesitzer in den Weg zu stellen.

„Habe ich etwas vergessen?", fragt dieser.

„Nein, nein, Herr Doktor", wehrt Loni ab, „es ist, weil Sie doch gesagt haben, vom Eldorado und vom Colosseum und vom amerikanischen Getränk. Ich habe mir das alles genau gemerkt, weil ich doch noch nie davon gehört habe."

Morelli lächelt nachsichtig: „Bist du jetzt auf den Geschmack gekommen?"

„Ja, ich möchte schon mehr kennenlernen von München." Loni schaut auf den Schnee zu ihren Füßen, während sie weiterspricht.

„Weil – in Mamming gibt's so was nicht, und ich möchte etwas erzählen können, wenn ich einmal heimfahre. Was es sonst noch gibt, außer dem Haus vom Professor und seinem Besenschrank."

„Und außer dem Laden von Frau Petzet. Ich weiß schon. Es ist bloß so", Morelli stößt Rauch aus, „ich fürchte, ich kann dir da nicht weiterhelfen."

„Nehmen Sie mich mit, Herr Doktor. Bloß einmal. Bitte, bitte!"

Morelli zieht Loni am Ärmel ein paar Schritte weiter, unter eine Laterne.

„Hast du denn wirklich keinen, der dich ausführen würde?"

„Nein, Herr Doktor, ich bin doch noch gar nicht lang in München, und außerdem wäre das ja auch ein Fremder, aber Sie gehören doch zum Haus, das ist etwas ganz anderes."

„Es geht nicht. Nein, es geht nicht."

Das Licht der Gaslaterne fällt jetzt genau auf Lonis Gesicht. Traurig und immer trauriger wird ihr Ausdruck, Tränen drängen an. Doch gleichzeitig ist ein ganz, ganz zartes Lächeln im Werden. Morelli sieht zu, wie die Tränen jetzt fließen, wie das Lächeln dagegenhält, zu verschwinden droht, zaghaft wiederkehrt. Hoffnung liegt in diesem Lächeln, und Vertrauen in den erfahrenen, weltgewandten Mann.

Morelli überlegt, Morelli entscheidet.

„Also gut. Am Samstagabend bin ich immer so ab zehn im Adelmann, wo das ist, findest du selbst heraus. Und wenn du zufällig hinkommst, und mich zufällig sitzen siehst, dann kannst du an meinen Tisch kommen und mich begrüßen. Und vielleicht lass ich dich hinsetzen, weil du halt da bist. Aber das ist dann alles Zufall, verstehst du?"

Loni wischt sich die Tränen ab. Das Lächeln triumphiert und sie strahlt, als ob es nie den geringsten Zweifel gegeben hätte, dass es so kommen würde.

„Sag, dann findest du mich am Ende gar nicht so widerwärtig, wie du immer getan hast?", fragt Morelli.

Loni wirkt ertappt. Sie lädt ein wenig Schnee auf ihre Fußspitze, kickt ihn weg, windet sich und wagt nicht mehr, ihm ins Gesicht zu sehen.

„Das besprechen wir dann beim Singspiel", verabschiedet sich Amelies Zukünftiger.

Loni sieht ihm hinterher, bis er verschwunden ist. Keine Spur von Tränen, keine Spur vom Lächeln. Nur die ruhige Gewissheit einer Diana, die sich entschlossen hat, die Beute erst beim nächsten Pirschgang zu erlegen.

*

Felder und Wiesen, mit Schnee bedeckt, von durch jahrzehnte-, jahrhundertlange Benutzung eingespurten Fußwegen durchzogen. Im Osten die Schlote der Ziegeleien und einige vereinzelt dastehende Häuser, im Westen die Türme der Stadt München. Ein Pionier ist Jungbluth, der mutig hier gebaut hat, fernab von den Einrichtungen der Großstadt, deren Museen und Theatern, deren seelentötender Überreizung.

Sein nächster Nachbar ist das Ziegelwunder, ein Gebäude, das vor Augen führen soll, wozu die lokale Ziegelfabrikation in der Lage ist: kunstvoll variierte Schuppenziegel auf verwinkelter Dachlandschaft, farbige Zickzackmuster und mit Ziegeln versehene Türmchen, Ziegeldächer auf den Kaminhauben und sogar über dem Gartentor.

Nicht weit davon entfernt: die Sternwarte. Noch liegt sie weitgehend unbehelligt auf der kleinen Anhöhe außerhalb des Dorfes, bewehrt und geschützt durch einen Holzzaun und mit Büschen bewachsene Erdwälle. Mit Vorbedacht hat man sie über dem natürlichen Boden erhöht errichtet, ein überaus solides Fundament geschaffen, um die wertvollen Instrumente vor Feuchtigkeit zu schützen. Die mit graugrüner Patina überzogenen Kuppeln heben sich geheimnisvoll von den gedämpften Farben der Umgebung ab.

In einem eigenen Gebäude ist der Fraunhofersche Refraktor zur Aufstellung gekommen, für lange Jahre das leistungsfähigste Instrument seiner Art weltweit. Hier lässt sich der Nachthimmel schauen und Loni und Max könnten das tun.

Max könnte bei einem Spaziergang mit Percy dem Direktor begegnet sein, Besitzer eines weißen Spitzes. Die Annäherung der beiden Hunde könnte Anlass zu einem Gespräch gegeben haben, dieses wiederum für den hochberühmten, gleichwohl bescheidenen Mann eine Gelegenheit, die Jugend für die Wissenschaft zu gewinnen. Und so hat er Max eingeladen, gleich am selben Abend herüberzukommen, weil er ohnehin einige Studenten zu Gast habe, um sie in die Ortsbestimmung von Kometen einzuführen.

Oder: Jungbluth könnte an ihn herangetreten sein, er sieht den Wissenschaftler als Seinesgleichen an und fährt gelegentlich mit ihm gemeinsam in die Stadt hinüber, denn dem Leiter der Sternwarte stehen von Amts wegen Wagen und Pferde zu. Dabei könnte Jungbluth

117

die Rede auf seinen Sohn gebracht haben, der, vielseitig interessiert, sehr gerne einmal den Nachthimmel in Augenschein nehmen möchte.

Natürlich ist die Besiedelung der Umgebung und die damit einhergehende Straßenbeleuchtung dem Astronomen unwillkommen, aber nie wäre er so unhöflich, den Nachbarn oder seinen Sohn dies spüren zu lassen, schließlich hat er selbst Kinder. Dass Max die Sternwarte besucht, liegt daher nahe.

Anders ist es bei Loni. Wer würde sie einladen, um ihr eine Vorstellung von den Weiten des Universums zu verschaffen? Wer würde dafür Zeit und Mühe investieren und diese nicht als verloren betrachten? Ihr ein Instrument von solcher Bedeutung überlassen? Wozu überhaupt ein Mädchen auf Gedanken bringen, wenn es sich doch mit seiner Nachrangigkeit begnügen soll? Und wenn ein Mädchen, warum dann nicht die hübsche Amelie, die wenigstens an den Studenten ihre Freude hätte und diese ihrerseits zu Höchstleistungen beflügeln würde?

Nein. Loni soll dabei sein. Weil sie es verdient. Und sie soll genügend Zeit haben. Niemand soll sie drängen, auffordern, sich mit einem bloßen Eindruck zufrieden zu geben. Loni soll die Zeit haben, ihre Wahrnehmungen auf sich wirken zu lassen.

Sie sollten nicht zu viel erwarten, hat der Astronom noch gesagt, bevor er sich mit seinen Studenten zurückzog. Sehen sei nämlich eine Kunst, die wie jede andere erst erlernt werden müsse. Und so sei es für den

Anfang auch genug, einfach hinauszuschauen. Ein besonders dankbares Beobachtungsobjekt sei der Mond, derzeit als zunehmender Halbmond im Westen zu sehen.

Das Teleskop in dem holzgetäfelten Kuppelsaal ist entsprechend ausgerichtet. Loni hat sich auf der Beobachtungstreppe positioniert und sieht Krater, Rinnen, Meere und Berge, die sie bislang nur erahnen konnte. Manchmal verändert sie ihre Haltung leicht, weil es auf die Dauer doch unbequem wird, aber ansonsten bleibt sie ganz konzentriert.

Auch als Max neben sie tritt, fasst sie nichts in Worte, sondern lässt ihn reden. Über den Unterschied zwischen Sternen und Planeten, über die Milchstraße, darüber, dass Loni eigentlich in die Vergangenheit schaut, Konstellationen wahrnimmt, die zum Zeitpunkt der Beobachtung schon gar nicht mehr existieren.

Loni wird feststellen, wie unbedeutend sie ist – kann sie auch empfinden, dass all dies ohne sie kein Zentrum hätte?

Max wünscht nun ebenfalls etwas zu sehen und schmiegt sich neben Loni. Er legt, um sich noch schmaler zu machen, seinen Arm um sie, auf diese Weise höchste Platzersparnis erreichend. Jetzt schaut Max durch das Teleskop, aber nicht sehr lange.

Stattdessen sieht er Loni an.

„Weißt du, dass es einen Planeten gibt, der auf lateinisch Monachia heißt, also München?", fragt er aus größter Nähe.

Loni weiß das nicht, woher denn auch. Sie hört Max zu, wie er die im Jahre 1897 erfolgte Entdeckung und Benennung des kleinen Planeten beschreibt, Ausdruck der universellen Geltung der auf dem Gebiet von Kunst und Wissenschaft so produktiven Heimatstadt. Dann will Max eine Kollision herbeiführen, doch Loni springt auf.

„Nicht! Wir werden doch beobachtet."

Und sie hat recht. Der technische Assistent tritt aus dem Gang, der das Hauptgebäude mit dem Refraktorsaal verbindet. Sie sollten sich, bitteschön, zur Gruppe gesellen, denn der Herr Professor wolle noch einige Überlegungen ausführen, die auch für Laien von Gewinn sein könnten.

*

Loni ist in ihrem Dachzimmer. Gerade ist sie aufgewacht und hat sich im Bett aufgesetzt. Schon wieder knurrt ihr Magen. Drei Kartoffeln hat sie zum Abendessen bekommen und einen Teller Suppe mit Karfiol, wie die Köchin sagt, Blumenkohl, der vom Mittagessen der Herrschaft übriggeblieben war. Die Oberhofer hat ihr zusätzlich ein Schmalzbrot gegeben, aber Loni ist wohl schon wieder hungrig.

Sie schiebt die Füße aus dem Bett, huscht über die Strohmatte, entzündet nicht die Lampe, sondern eine

Kerze. Im flackernden Kerzenschein schleicht sie aus dem Zimmer und öffnet vorsichtig die Tür zur Treppe. Ganz still ist es, bis auf das Ticken der Standuhr in der Diele.

Loni kommt dort an. Um zur Küche zu gelangen, müsste sie jetzt in den Vorraum und die Dienstbotentreppe hinunter, aber sie bleibt stehen, lauscht. Dann geht sie zum Fenster bei der Eingangstür und schaut in den Garten hinaus.

Jetzt hat es Loni sehr eilig, in die Küche hinunterzukommen. Tatsächlich, dort steht die Oberhofer, mit einer Laterne in der Hand und im Schlafrock. Sie erschrickt, als die Gestalt der Nichte sich im Halbdunkel abzeichnet.

„Dass du noch wach bist, Tante", sagt Loni leise. Diese bringt sie mit einer Handbewegung zum Schweigen. Beide lauschen, aber es ist nichts weiter zu hören. Endlich ist die Köchin beruhigt.

„Da, setz dich hin", sagt sie.

„Warum bist du denn hinaus, hast du einen Einbrecher gehört?", fragt Loni.

„Nein, das heißt ja, ich habe schon etwas gehört und wollte nachschauen", sagt die Köchin. „Was schleichst du denn herum, du kannst es mir doch am Abend sagen, wenn du noch etwas willst!", schimpft sie dann übergangslos.

„Und, hast du den Einbrecher gesehen?" Loni lässt sich nicht ablenken.

„Nein, es werden Katzen gewesen sein - oder ein fremder Hund", sagt die Oberhofer. „Den Herrschaften erzählst du nichts davon, sie regen sich bloß unnötig auf, verstanden - und jetzt mach, dass du wieder in dein Bett kommst! Nimm noch eine Scheibe Brot mit."

„Nein", sagt Loni.

Die Oberhofer setzt sich hin. Sie legt ihre Hände in den Schoß. Recht alt sind diese Hände, abgearbeitet, dick und rot die Knöchel.

„Ich weiß, dass die Marie hier war", sagt Loni, „ich habe sie gesehen, wie sie vom Dienstboteneingang weg ist. Du hast ihr schon einmal etwas gebracht, nach der Kirche, und jetzt ist sie selber da gewesen."

Die Oberhofer nickt, bleibt erst einmal reglos sitzen und schweigt. Dann umfasst sie ihre Ellenbogen, wiegt sich leicht vor und zurück, während sie mit resigniert klingender Stimme antwortet.

„Die Marie, wenn es dich so interessiert, obwohl es dich ja überhaupt nichts angeht - sie hat sich nicht gut geführt, verstehst du? Sie kriegt ein Kind, und sie weiß nicht wohin, weil sie in ihrem Zustand keine Stellung findet. Und ich helfe ihr, weil sie ein feiner Mensch ist, und anständig ist sie auch, das hat damit gar nichts zu tun. Es ist eben passiert."

„Und wer ist der Vater?", fragt Loni.

„Ich weiß es nicht. Die Marie war so still. Sie hat es mir nicht erzählt", sagt sie dann so hilflos verzweifelt, dass sich alles weitere Nachfragen erübrigt.

Loni springt auf und streichelt ihren Arm, redet beruhigend auf sie ein. Die Köchin versichert, dass schon alles in Ordnung sei. Sie wolle noch ein wenig allein bleiben und nachdenken.

Auf dem Weg, auf dem sie gekommen ist, kehrt Loni zurück. Im ersten Stockwerk bleibt sie stehen, schleicht, nur den Rand der Stufen benutzend weiter, erreicht endlich das Dachgeschoss und ihr Zimmer. Die Scheibe Brot haben sie und die Tante ganz vergessen.

*

„Andere Väter haben auch hübsche Töchter", ruft der Junge übermütig. Da bückt sich Max und nimmt mit beiden Händen Schnee vom Boden auf, aus dem er einen Ball formt. Genau in den Nacken trifft er den anderen, der mit einem Aufschrei herumfährt und sich auf Max stürzt.

Und bald liegen beide da und wälzen sich im Schnee.

Endlich stehen sie auf, klopfen sich lachend gegenseitig die Jacken aus. Erst jetzt bemerken sie, dass Max' Gegner seine Brille bei dem Kampf eingebüßt hat, fangen an, im Schnee danach zu suchen, finden sie.

Allerdings ist ein Bügel schlimm verbogen und muss erst wieder angepasst werden.

Die beiden sind in der Galeriestraße gewesen, im Lehel. Auf dem „Schachterleis", einer künstlichen Eisbahn, haben Max und sein Freund Pirouetten gedreht und mit anderen jungen Leuten besserer Kreise - auch solchen weiblichen Geschlechts - ihre Runden gezogen. Die Halle ist von echten Tannenbäumen in Töpfen umstanden und stimmungsvoll mit Glühbirnen erleuchtet. Zum Eintrittspreis von einer Mark zwanzig wird neben dem Ambiente auch Regimentsmusik geboten.

Max ist einige Male hingefallen, nicht ganz absichtslos hat er dann Halt an Arm oder Kleid junger Mädchen gesucht. Und einmal hat gar ein solches sich, schon dem sicheren Sturz geweiht, an Max festhalten wollen und ihn mit sich gerissen.

„Blöde Matz", hat Max ganz ungalant gesagt und sich befreit.

Schließlich, als der Gong zum Aufbruch mahnte, haben auch die Freunde die Bande angesteuert, die Kunstläufer von den Schuhen geschraubt, und den Heimweg angetreten, wo es dann bald zur Schneeballschlacht gekommen ist.

Der mittlerweile wieder bebrillte Junge will den Kampf glatt aufs Neue anfangen, doch Max wehrt ab.

„Willst wirklich den Umweg machen?", fragt er.

Der andere nickt ernst: „Ich darf nicht über die Notbrücke, weil sie technisch nicht sicher ist, sagt mein Vater, und er ist ja immerhin Ingenieur."

Und so gehen die beiden friedlich nebeneinander her, die Kufen über die Schultern gehängt, den Isarkai entlang stadteinwärts, bis zur Maximiliansbrücke.

Dunkel, mit flüchtigen Lichtern gesprenkelt, gleitet der Fluss in seinem steinernen Bett vor sich hin. Eine Frau steht in der Mitte der Brücke und schaut hinunter, späte Passanten wenden sich nach ihr um. Dann geht sie ein paar Schritte weiter, als ob sie ein Ziel hätte - und bleibt von neuem stehen.

Max und sein Freund sind nach einem kurzen Austausch über schulische Belange inzwischen in ein Gespräch über ein Mädchen namens Karolin vertieft. Diese Karolin ist ebenfalls auf dem „Schachterleis" gewesen, mit einem Begleiter, an dessen Fahrstil, Kleidung und Benehmen es offenbar allerlei auszusetzen gibt.

„Und überhaupt, wenn ihr so einer gefällt, dann kannst du auf die auch verzichten, Egidius", findet Max.

An der letzten Laterne vor dem Anstieg zum Isarhochufer macht Egidius halt.

„Ich will dir was zeigen", sagt er und wirft Blicke nach rechts und links, obwohl die Brücke jetzt menschenleer ist.

„Was denn?", will Max wissen.

„Gleich."

Egidius knöpft seine Jacke auf. Aus der Innentasche nimmt er ein Päckchen. Es ist durch einen mehrfach umwickelten Umschlag geschützt, den er vorsichtig entfernt.

„Von meinem Bruder, der hat's von Ingolstadt mitgebracht", erklärt er und reicht Max einige Fotografien.

Max sieht sich die erste an. Sie zeigt zwei nackte Frauen, hintereinander auf einem Fass sitzend, die dem Betrachter mit Bierkrügen zuprosten. Runde Busen, Achselhaar, Hochsteckfrisuren und pralle Schenkel.

„Nicht schlecht", meint Max beim nächsten Bild, „perfekte Proportionen."

In der Tat: Brust, Taille und Hüften dürften in einem idealen Verhältnis zueinander stehen, die Beine sind lang und schlank und auch das Gesicht würden viele als hübsch bezeichnen. Es ist allerdings nur zu erahnen, denn der Schleier, den die Frau auf dem Bild als einziges Kleidungsstück trägt, macht eine genauere Einschätzung unmöglich.

„Du", fällt dem Besitzer der Bilder jetzt ein, „sowas gibt's doch bei euch zu Hause auch in echt, oder? Kannst du mich nicht einmal einladen? Du könntest ja sagen, es ist für den Kunstunterricht."

Max antwortet sehr kühl.

„Mein Vater malt gelegentlich Akte, ja, aber er sagt, dass es das Schwierigste von allem ist, weil es niemals niedrig sein darf. Die Modelle bekommen ein ziemlich hohes Honorar, und er würde es niemals erlauben, dass ich dabei bin oder sonst jemand. Das ist Kunst, verstehst du?"

„Und euer Dienstmädchen?", fragt Egidius. „Ich finde die so herzig. Als ich dir im Advent die Noten vorbeigebracht habe, hat sie sogar eine Pfeffernuss von mir angenommen, die ich zufällig in der Manteltasche hatte. Und gefreut hat sie sich wie der Schneekönig."

„Finger weg vom Personal!", scherzt Max, „das gibt nur Ärger. Außerdem ist Marie gar nicht mehr da, wir haben jetzt eine andere."

„Schade", findet Egidius und: „Wie ist die so? Und wie schaut sie aus?"

„Sie ist jung, sie hat Zöpfe, und ist ziemlich dünn, aber physisch stark. Zeig, was du noch hast."

Max nimmt Egidius die nächsten Bilder aus der Hand. Dies ist der Höhepunkt, nämlich eine Serie, auf dem ein Mann und eine Frau zu sehen sind, sich umarmend, sich haltend. Max betrachtet die Bilder, nimmt sich Zeit.

„Ich schenk sie dir", sagt Egidius schließlich und Max lässt die Fotografien in seiner Hosentasche verschwinden.

Sie gehen weiter Richtung Isarhochufer, bis zu einer Litfaßsäule.

„In das Colosseum würd ich gern einmal." Max deutet auf ein Plakat, das tägliche Vorstellungen ab 21 Uhr verspricht, „aber da kommt man in unserem Alter nicht so leicht hinein."

„Der Adelmann ist besser", widerspricht Egidius, „das hat mein Bruder erzählt. Da kommen sie zu dir her und reden dich an, und du musst gar nichts sein und haben, außer ein bisschen Geld in der Tasche."

Ein älteres Paar kommt vorbei, er und sie, in dicke Mäntel gehüllt, gefolgt vom übergewichtigen Dackelhund.

„Gehört`s ihr zwei jetzt da hinauf?", fragt der Mann und weist zum Maximilianeum hinüber, das wie eine Götterburg am Hang liegt.

„Freilich", antwortet Egidius, „wir sind bloß kurz einmal frische Luft schnappen, weil wir ja nicht die ganze Zeit studieren können. Mein Fach sind die Weiber und er da ist mein Famulus."

„Also!", empört sich der Mann, „und für sowas werden unsere Steuern ausgegeben, das ist ja allerhand."

Seine Frau zieht ihn weiter, dem Hund hinterher.

„Jetzt können wir gleich noch rauchen", fällt es Egidius ein. Er holt Zigaretten heraus, bietet Max eine davon an und gibt ihm Feuer. Dann schlendern sie die Isarhöhe hinauf und blasen den Rauch verächtlich in Richtung des Maximilianeums, Pflanzstätte besonders talentvoller Landeskinder.

*

Loni ist wie jeden Tag um fünf aufgestanden, von ihrer Tante geweckt, die sich um diese Zeit auf den Weg zur Frühmesse macht. Das Mädchen hat sich sichtlich erleichtert davon überzeugt, dass es nachts nicht geschneit hat, seinen Mund ausgespült, sich -

ohne weitere Körperpflege - angezogen, hat im Salon, im Speisezimmer und in Jungbluths Studierzimmer gelüftet, die Kamine geleert und Feuer gemacht, hat sich danach in seinem Zimmer - sehr flüchtig und zitternd - mit Wasser aus dem Bierfass gewaschen. Dann hat sich Loni erneut angezogen, den Frühstückstisch gedeckt und schließlich um halb sieben an die Tür des Fräuleins von Borgh geklopft, dessen „recht" prompt erklungen ist. Dieses wiederum hat auf gleiche Weise Max geweckt, während der Hausherr und seine Tochter unbehelligt blieben. Schließlich ist Loni zum Bäcker gelaufen, wo sie zehn Sternsemmeln und vier Hörnchen verschiedener Art geholt hat, die schon in einer rosa-weiß-gestreiften Tüte bereitlagen.

Loni schenkt nun Max und der Hausdame, die sich am Frühstückstisch schräg gegenübersitzen, starken schwarzen Tee ein, sie eilt mit den Semmeln und Hörnchen, mit Butter, Schinken und Pflaumenmus herbei und hält sich zur Verfügung, falls noch etwas benötigt wird.

Doch schon bald erhebt sich das Fräulein. Dem Herrn gehe es wahrscheinlich nicht gut, er habe gestern Abend schon eine Erkältung im Anflug beklagt. Sie werde ihm eine Tasse Tee und ein Hörnchen nach oben bringen. Nachdem alles auf Lonis Serviertablett angeordnet ist, macht sich das Fräulein persönlich auf den Weg.

Max muss nun sein Frühstück unter Lonis Augen fortsetzen.

Er nimmt erst eine Semmel aus dem Körbchen, schneidet sie in Hälften. Dabei bildet sich eine lose Kugel, die Max – wohl der Abwesenheit der Hausdame gedankt – zum Mund führen will. Unter dem Blick Lonis unterlässt er dies aber, hält sie kurz unschlüssig in der Hand, legt sie dann auf den Tellerrand und beginnt die Hälften mit Butter zu bestreichen.

„Jetzt essen Sie doch die Mollen", sagt Loni, und: „Wissen Sie überhaupt, wie so eine Sternsemmel gewirkt wird?"

Max schüttelt den Kopf, befolgt dann ihren ungebührlichen Rat.

„Das ist gar nicht so einfach. Man muss den Daumen auf den Teig legen, und dann die Büge einschlagen, damit die Semmel so wird wie ein Stern. Dann Schlag auf Schlag, der Daumen bleibt bis zum Schluss liegen. Bei meinem Onkel machen sie zu zweit dreihundert Semmeln, Brot und Eierwecken und so weiter noch dazu. Sie fangen am Abend um zehn an und um vier in der Früh sind sie erst fertig."

Max hat aufmerksam zugehört und bestreicht nun die Hälften mit Pflaumenmus. Er beginnt zu essen, sieht dabei in den Garten hinaus, dann wieder auf den Tisch, aber möglichst nicht zu Loni hin.

Diese verlässt ihren Platz an der Tür und kommt näher.

„Hat eigentlich die Marie auch immer die Semmeln holen müssen?", fragt sie.

„Ja, natürlich - warum willst du das denn wissen?"

„Es könnte ja sein, dass sie einmal keine Zeit gehabt hat. Weil sie gar nicht da war, zum Beispiel."

Max nimmt ein Zuckerhörnchen und hält es Loni hin: „Hier, du hast doch bestimmt noch nicht viel gehabt, heute. Und was Marie betrifft – natürlich war sie jeden Tag da, sie war doch unser Dienstmädchen."

Loni greift zu und beißt in das Hörnchen. Max sieht ihr beim Kauen und Schlucken zu, bis die Hausdame erscheint und sofort die Lage erfasst. Da steht er eilig auf, behauptet, keinen Hunger mehr zu haben und ist bald Richtung Elektrische verschwunden.

„Du hast von den Herrschaften nichts anzunehmen", beginnt die von Borgh eine längere Belehrung.

*

Wunderschön sieht Amelie aus. Sie trägt ein dunkelgrünes Taftkleid und über die Ellenbogen hinausreichende silbrig schimmernde Handschuhe. Über dem linken Handgelenk glitzert und funkelt ein diamant- und smaragdbesetztes Armband, bestimmt ein Erbstück ihrer Mutter. Sehr schmal, sehr zart und vornehm wirkt Amelies Hand, die jetzt auf dem kräftigen Arm Dr. Morellis zu liegen kommt. Und auch er besticht durch Eleganz: Zum Bal paré trägt er einen Frack mit weißer Halsbinde.

So geleitet er sie in die Diele, wo Loni schon mit dem Pelzmantel des Gastes über dem einen Arm und mit Amelies schwarzem Abendcape über dem anderen bereitsteht. Nachdem sie ihm seinen Mantel gereicht und er diesen angezogen hat, greift Morelli nach dem Cape und legt es galant um Amelies Schultern. Sogar die Bänder verknotet er sorgfältig, prüft ausführlich, ob sie auch richtig sitzen und nicht etwa Amelies Atmung behindern. Diese Sorgfalt geht der Hausdame allerdings zu weit und so macht sie die beiden darauf aufmerksam, dass die Kutsche bereits warte.

Doch Jungbluth lässt es sich nicht nehmen, noch ein Wort der Mahnung zu sprechen. Er vertraue ihm seine Tochter an, sagt Jungbluth würdig zu Morelli, und er hoffe, dass dieses Vertrauen nicht enttäuscht werde.

Morelli legt statt einer mündlichen Antwort die Rechte auf die Herzgegend und verbeugt sich tief und feierlich, worauf Loni sich zur Wand dreht, um ihr Lachen zu verbergen.

„Gilt schon. Dann viel Vergnügen."

Der Hausherr tritt an die Seite der von Borgh und beide beobachten mit wohlwollendem Lächeln, wie das Paar aufbricht. Loni schlüpft rasch in ihre wattierte Jacke und folgt durch den herrschaftlichen Eingang, dessen Stufen sie so schnell hinunterspringt, dass kein Einwand möglich ist. Sie überlässt es der von Borgh, die Haustür hinter ihr zu schließen.

„Dieses Mädchen ist wirklich unbelehrbar", bemerkt die Hausdame, doch Jungbluth ist schon im Salon verschwunden.

Die drei begeben sich zur Kutsche, steigen ein, wobei das Paar in Fahrtrichtung zu sitzen kommt und Loni gegenüber. Amelie schmiegt sich sogleich an ihren Zukünftigen, er zieht umständlich eine unter ihr bereitliegende Decke hervor und hüllt sie damit ein, denn er habe leider nur noch ein ungeheiztes Gefährt bekommen.

Während der Fahrt flüstert und kichert Amelie unablässig in Morellis Ohr, dieser antwortet nur gelegentlich, was sie nicht zu stören scheint. Loni schaut auf die Straße hinaus. Neblig ist es und schon dunkel.

Am Marienplatz wird angehalten, Loni darf hier aussteigen. Zuvor wiederholt Morelli die Wegbeschreibung zum Deutschen Theater, die Loni bereits von der Hausdame eingeschärft wurde.

„Also, spätestens um elf bist du da, und hältst dich zur Verfügung. Ab jetzt hast du deinen Freigang und kannst dich ein bisschen herumtummeln. Aber immer anständig bleiben", mahnt er scherzhaft, sichtlich in gelöster, großzügiger Stimmung.

„Sowieso", antwortet Loni. Sie steigt aus, die Kutsche rollt weiter, das Schellengeläute verklingt.

Loni geht auf die Säule in der Mitte des Platzes zu und blickt hinauf: Maria steht, weit über das irdische Getümmel erhoben, auf einer Mondsichel - Zeichen ihres Sieges über die heidnische Venus, aber dieser Zusammenhang ist Loni sicher nicht bekannt. Doch die Krone auf dem Haupt der Madonna wird sie zu deu-

ten wissen, und auch das Zepter in ihrer Hand. Huldvoll ist die Geste der Trostreichen, sanft das Gesicht,
als ob man ihm alles anvertrauen könnte, alles aussprechen und es angenommen wissen, zumindest das.

Und erst das Kind: Frei, dem Betrachter zugewandt
und ihn mit der Rechten grüßend, sitzt es auf dem Arm
der Mutter, einen Apfel in der linken Hand. Ist es der
fatale Sündenapfel? Nein, es ist der Weltapfel, wie ein
Spielzeug wirkt er, leicht und durchaus entbehrlich.

Loni steht unbeweglich da und flüstert vor sich hin,
sie betet, tatsächlich. Ihre groben selbstgestrickten
Fäustlinge hat sie ausgezogen und auf den Marmor
der die Säule schützenden Abgrenzung gelegt. Zwei
Kutscher der auf Fahrgäste wartenden Fiaker machen
sich über sie lustig, doch Loni achtet gar nicht darauf.

„Jetzt, und in der Stunde unseres Todes", endet sie,
zieht ihre Handschuhe an, geht ein paar Schritte, wobei sie ihre Arme zur Erwärmung hin und her-
schwingt. Loni sieht zur Uhr am Alten Rathausturm
hinauf: Es ist zehn Minuten vor acht. Sie beginnt eine
Runde um den Platz.

„Weinhandlung von August d' Orville" steht auf einem schräg gegenüberliegenden Haus, vor dessen Eingang Maskierte lärmen, an denen Loni rasch vorbei-
strebt. Wunderbar anheimelnd ist dann das Ensemble
der Gebäude an der Südseite. Jedes Sprossenfenster, jedes Balkönchen, jeder Spitzenvorhang und jede auf-
wändige und einfallsreiche Stuckatur hat ihren Anteil
daran.

Und wie um die eine, im Vergleich unscheinbare Schwester nicht zu beschämen, hat diese einen besonders kunstvoll geschmiedeten Schmuckgiebel mit vergoldeten Rosetten erhalten, der von einem reich bestückten Blumenkorb gekrönt wird.

Aus dem Haus daneben sieht eine alte Dame herunter, jetzt öffnet sie sogar das Fenster und winkt Loni zu, wie um sie im Namen des sie so mütterlich umgebenden Platzes persönlich willkommen zu heißen.

Loni winkt zurück, lässt dann den Arm sinken und reißt ihn gleich wieder hoch, denn neben der Mariensäule steht ihre Schwester und winkt ihr ebenfalls. Sie laufen aufeinander zu, ohne auf die Elektrische zu achten, die schrill klingelnd zum Stillstand kommt.

„Hast gleich hergefunden?", fragt Afra, als sie sich von ihrem Schrecken erholt hat.

„Freilich, du bist gut", antwortet Loni, „und außerdem haben mich das Fräulein Amelie und ihr Schatz mitgenommen, die gehen nämlich heute auf den Ball, um elf soll ich sie abholen, beim Deutschen Theater."

„Dann kannst du bis halb elf bleiben, ungefähr", sagt Afra.

Loni hängt sich bei ihr ein und die beiden gehen durch ein Gässchen am Alten Peter vorbei, die Stufen hinunter und schließlich nach einigen Abkürzungen, die nur Afra kennt, in ein Wirtshaus hinter dem Viktualienmarkt, aus dem Gesang und lebhafter Diskurs zu hören sind.

Tabakrauch, Biergeruch und allerlei menschliche Ausdünstungen verdichten dort die Luft, laut geht es zu an den Holztischen, wo Männer beieinandersitzen, reden und Karten spielen. An einem Tisch ganz in der Ecke sind mehrere Mädchen versammelt. Sie rücken bereitwillig näher aneinander, um Loni und Afra in ihren Kreis aufzunehmen.

Nachdem Afra ihre kleine Schwester rundum vorgestellt und auch die Vornamen der anderen genannt hat, die Loni jeweils nachspricht, hebt ein Erzählen und Fragen an, die Mädchen sind nämlich durchweg in Stellung.

Klara, die wohl älteste, stellt Loni einige Fragen über ihre Aufgaben und die Unterbringung bei den Jungbluths. Dass sie ein Recht darauf habe, den Gottesdienst am Sonntag zu besuchen, sagt Klara, und dass ihr jeden zweiten Sonntag ein freier Nachmittag gewährt werden müsse, auf jeden Fall. Und auch in eine Hauswirtschaftsschule müsste man sie schicken, einmal pro Woche.

Davon sei noch überhaupt nicht die Rede gewesen, sagt Loni, aber ständig stehe sie unter der Fuchtel der Hausdame, die mit weißen Handschuhen nachprüfe, ob ordentlich Staub gewischt werde und anderes mehr.

Das sei noch gar nichts, finden die Mädchen, damit müsse sie sich abfinden. Sie geben noch einige Erlebnisse zum Besten, die die Eigenheiten der jeweiligen Herrschaft gewiss grob überzeichnen.

Sofie, die neben Loni sitzt, fragt dann, ob es wenigstens einen feschen jungen Herrn im Haushalt gebe.

„Ja, das schon", antwortet Loni ohne erkennbare Begeisterung, „der Sohn ist eigentlich ganz in Ordnung, aber dafür ist die Tochter umso schlimmer. Sie hält sich für etwas ganz Besonderes und hat von nichts eine Ahnung - aber wenigstens heiratet sie bald."

Die Bedienung stellt auch vor Loni und Afra einen Bierkrug hin und alle stoßen auf Amelies bevorstehende Verlobung an.

Und dann erzählt Loni von Marie, ihrer Vorgängerin: „Schwanger ist sie geworden, und hinausgeflogen und ihre Stelle habe dann ich bekommen, da haben sie ganz schnell jemand gebraucht."

„Woher willst du denn wissen, dass sie schwanger war?", fragt Afra, „hat das die Tante gesagt?"

„Ja", antwortet Loni nur.

„Und vom wem ist das Kind?", fragt Theres, von der Afra auf dem Weg erzählt hat, dass sie im Haushalt eines Fotografen tätig sei, draußen in Schwabing.

„Ich weiß es nicht sicher", sagt Loni, „aber ich habe einen Verdacht. Ich muss weiter nachforschen."

„Trinken die Damen etwas?", unterbricht ein schon angejahrter Herr im abgetragenen Sonntagsanzug das Gespräch.

„Das siehst du doch, dass wir was trinken." Loni nimmt einen Schluck Bier. „So eine damlige Frage", sagt sie halblaut im Idiom der von Borgh, als der Herr schon wieder das Weite gesucht hat.

„Du kennst doch diese Marie nicht einmal", sagt Afra, „und selbst wenn du deinen Verdächtigen festsetzen kannst – das hilft ihr auch nichts."

Die Mädchen lachen. Klara wartet, bis sie sich beruhigt haben.

„Der Kindsvater muss für das Kind zahlen, bis es sechzehn Jahre alt ist", erklärt sie dann, „und für die Geburtskosten muss er auch aufkommen, und sechs Wochen für den Unterhalt der Mutter, bis sie wieder arbeiten kann. Das steht so in dem neuen Gesetzbuch, und das gilt für alle."

„Hast das in deinem Verein gelernt, bei den siebengescheiten Weibern, die nichts anderes tun als reden und auf die Männer schimpfen?", fragt eine Weißblonde, die Afra als Ernestine vorgestellt hat. „Dann haben's dir vielleicht auch gesagt, dass der bloß sagen muss, dass die Frau auch andere gehabt hat, und dann gilt sie als eine Hure und dann gibt's nämlich gar nichts mehr, keine Geburtskosten und keinen Unterhalt und kein gar nichts, und froh sein kannst, wenn sie dich nicht gleich dabehalten. Wer glaubt schon einem Dienstmädchen?"

„Ich hätte da eine Adresse." Sofie sieht in die Runde, genießt die Wirkung ihres Satzes.

„Und danach auf und ab springen", ergänzt Theres, „oder ganz fest tanzen", aber das ist nicht mehr an die

Dienstmädchen, sondern an einen jungen Mann gerichtet, der sich schwungvoll vor ihr verbeugt hat und sie jetzt hinwegführt, in das Nebenzimmer, aus dem schon eine Weile lustige Klänge ertönen. Die Unterhaltung wendet sich anderen, leichteren Dingen zu.

Nachdem Afra „zur Feier des Tages" die gemeinsame Rechnung in Höhe von 36 Pfennig bezahlt und die beiden sich verabschiedet haben, macht Loni sich auf den Weg zum Deutschen Theater. Die ganze lange Neuhauser Straße muss sie entlang, die Benutzung der „Elektrischen" leistet sie sich nicht, sie war auch bei der Wegbeschreibung nicht vorgesehen.

Keinen Blick widmet sie den schön dekorierten, durch Gitter sorgsam gesicherten Schaufenstern, auf keinen Scherz der kostümierten Nachtschwärmer geht sie ein. Doch als sie den Stachus erreicht hat und bei Überquerung des trotz der späten Stunde noch vielbefahrenen Platzes zögert, tritt ein Soldat an sie heran.

„Hast ein Zimmer?", fragt er vertraulich.

„Was meinst? Warum ein Zimmer?", fragt sie so laut zurück, dass die Vorübergehenden aufmerksam werden.

„Nichts für ungut."

Der Soldat tippt sich an die Mütze und tritt eilig den Rückzug an.

Überpünktlich steht Loni dann vor dem Theatereingang und auf wartet auf die Herrschaften. Sie schlägt die Arme nach vorne und zurück, um sich zu wärmen, springt von einem Fuß auf den anderen.

Endlich holt sie der Türsteher in den Vorraum. „Woher kommst?", fragt er, nachdem er Loni einen Schluck aus einem Flachmann angeboten und sie dankend angenommen hat.

Loni gibt Auskunft über den Ort Mamming, der nur aus wenigen Bauernhöfen besteht, davon einer der ihrer Mutter.

„Warum Mutter?", fragt der Türsteher, ein etwa sechzigjähriger, blasser Mann mit einem pechschwarz gefärbten Schnauzbart.

„Weil der Vater schon", Loni rechnet, „schon gut fünfeinhalb Jahre tot ist, der Blitz hat ihn erschlagen, mitten auf dem Feld. Und dann hat sie den Hof allein führen müssen. Mit uns Kindern zusammen."

Der Türsteher bietet Loni den Flachmann noch einmal an. Sie lehnt diesmal ab.

„Als der Toni, also mein älterer Bruder, geheiratet hat, hat sie ihm den Hof übergeben. Der andere Bruder hat Bäcker gelernt und ist nach Landau. Ich war dort auch, bei einer Witwe. Bis meine Tante mich nach Bogenhausen geholt hat, weil dort jemand gebraucht wurde."

Sie erfährt nun, dass der Mann eigentlich von Beruf Drechsler ist, aber nie genug Geld heimbringen kann und so noch als Gehilfe bei Bällen, als Billettverkäufer,

Zeitungsausträger und gelegentlich Möbelträger arbeitet.

Von dem Ballsaal im üppigen Barockstil sieht Loni nichts. Gerade erklingt ein Walzer, gespielt vom auf dem Rang befindlichen Orchester. Im Takt der Musik: ein sich unablässig wandelndes, wogendes Schweben, ein vielfarbiges Leuchten und Funkeln, ein Raunen, voll Heiterkeit und Versprechen.

Der Versuch, Amelie und ihren Zukünftigen hier entdecken zu wollen, wäre auch kaum von Erfolg gekrönt. Vielleicht imponiert Morelli als Tänzer, vielleicht sitzt er mit Amelie an einem der Tische auf dem Balkon und macht, durch seine Augenmaske unkenntlich, amüsante Bemerkungen über die Vorgänge drunten. Oder haben sich die beiden gar in eine Loge zurückgezogen, wo sie sich gegenseitig zärtlich die Dominos abnehmen und sich jede Störung von selbst verbietet?

Es ist nach halb eins, als endlich die Klänge der „Münchner Française" ertönen. Und als sie verklungen sind, kommen Amelie und Morelli auch bald die geschwungene Steintreppe herunter. Wie Loni die lange Wartezeit verbracht hat, beschäftigt offensichtlich weder sie noch ihn.

Sie geben jetzt einen weniger eindrucksvollen Anblick ab als beim Verlassen des Hauses.

Amelies Jungmädchengekicher ist in infantile Albernheit übergegangen und Morellis Galanterie hat sich ins Derbe gewandelt - nun, selbst schwankend auf den Beinen, stützt und hält er sie an allen möglichen und unmöglichen Stellen, was Amelie zu schrillem, wirkungslosem Protest veranlasst. Loni kommt ihr nach einem freundlichen Abschied von ihrem neuen Bekannten zu Hilfe und mit einiger Mühe verstaut sie die von immer neuen Lachanfällen geschüttelte Amelie in der ersten der wartenden Droschken. Auch Morelli macht sich nun zum Einsteigen bereit. Doch bevor er seinen lackbeschuhten Fuß auf die Trittfläche setzt, wendet er sich um.

„Auf den Bock", befiehlt Morelli.

Und so sitzt Loni in der Eiseskälte neben dem Kutscher, eine speckige Decke und einen Lederschutz über den Knien. Von der Schwanthaler Straße aus geht die Fahrt die Sonnenstraße entlang zum Sendlingertorplatz, in die Müllerstraße, dann nach rechts in die Fraunhoferstraße, bis zur Isar, dort die Erhardtstraße entlang, von wo aus man die Kohleninsel sieht, wie der Kutscher Loni, die er bald als ortsfremd erkannt hat, jeweils erklärt.

Über die Ludwigsbrücke rollen sie noch ohne Schwierigkeiten, doch dann kommt der Anstieg zum Gasteig. Glatt ist es mittlerweile, Fuhrwerke haben Rinnen hinterlassen. Das Pferd plagt sich, durchnässt von Schnee und Schweiß. Es rutscht und stolpert, müht sich weiter.

Der Kutscher hält an.

„Abkratzen", sagt er, zieht die Bremse an und drückt Loni die Zügel in die Hand. Sie sieht zu, wie er das Kommando „auf" gibt, das Pferd daraufhin gehorsam den Fuß hebt. Wie ein Stöckel haftet der Schnee an den Hufen. Das Pferd will mithelfen, so wie es ihm beigebracht wurde, aber aus Aufregung und Angst, stellt es den Fuß wieder hin, hebt ihn neu zu prekärem Gleichgewicht, wird ungeduldig mit dem Hufkratzer gegen die Rippen geschlagen, wird noch nervöser.

Loni hält es nicht an ihrem Platz. Sie springt herunter, fasst den Halfter, während der Kutscher schimpfend und fluchend an der Hinterhand weitermacht. Das Pferd drängt nach vorne, aber Loni hält dagegen, streichelt es, redet ihm zu, kann es beruhigen.

Von hinten meldet sich Morelli, will wissen, was ist und ob es bald weitergeht.

„Wenn wir hier fertig sind oder gleich – aber dann zu Fuß", gibt der Kutscher zurück, der kein böser Mann sein wird, sondern nur genauso überarbeitet und erschöpft wie sein Pferd.

Morelli zieht es vor, darauf nichts zu erwidern.

Endlich sind die Hufe einigermaßen frei von Schnee. Doch Loni schmiegt noch ihr Gesicht an das des Pferdes, wie zum Trost und streicht ihm über die Blesse, als ob sie alles so Schmerzliche wegwischen, ungeschehen machen wollte. Das Pferd legt seinen Kopf an ihre Schulter, damit sie bleibt.

Loni wischt sich die Tränen ab, verlegen und hastig, aber der Kutscher hat sie gesehen und wird sich über das rührselige Mädchen wundern.

„Wir haben auch Rosse daheim", sagt sie, als sie wieder neben ihm sitzt.

Der Mann will wohl nicht als einer gelten, der sein Tier schlecht behandelt und erzählt nun von dessen wärmendem Winterfell und auch, dass die Kälte für ein Pferd viel besser zu verkraften sei als extreme Hitze im Sommer. Das stundenlange Herumstehen sei das Schlimme, erklärt er, viel mehr als das Ziehen der Droschke.

Etwa hundert Meter vor dem Ziel hält er an – angesichts der unzumutbaren Qualität des Weges ist die Fahrt hier zu Ende. Morelli will erst auf einem Transport bis zum Gartentor bestehen, gibt dann aber doch nach und beauftragt ihn, an Ort und Stelle zu warten, bis er wieder zurückgekehrt sei.

Den Rest der Strecke legen sie also zu Fuß zurück. Amelie ist deutlich ruhiger geworden und auch Morelli wirkt ernüchtert. Loni folgt in gebührendem Abstand. Kaum sind sie in den Garten eingetreten, öffnet sich ein Fenster im ersten Stock und das Fräulein von Borgh spornt zur Eile an.

Als das Fräulein vom Fenster zurückgetreten und unterwegs in das Parterre ist, greift Morelli in seine Manteltasche. Loni ist schon beim Dienstboteneingang, aber er folgt ihr, ruft sie lautstark zurück.

„Da hast ein Fuchzgerl!"

„Dankschön, Herr Doktor", sagt Loni, und leise: „Bis zum Wiedersehen im Adelmann!"

Nun öffnet sich die Haustür und Morelli verzichtet darauf, Loni – wie er es sicher möchte- für diese Respektlosigkeit zur Rechenschaft zu ziehen. Das Fräulein von Borgh winkt Amelie bereits herein und zu sich. Morelli, ihr nacheilend, muss ungeachtet seines Standes und seines Alters eine Rüge über sich ergehen lassen, welche die Hausdame in den Stunden am Fenster sicherlich einige Male im Geiste erprobt hat.

Erst nachdem er alles angehört und sich für die Verspätung mehrmals entschuldigt hat, darf er den Heimweg antreten.

*

Loni greift nach ihrem geflochtenen Zopf. Er ist mit einem schwarzen Wollfaden zusammengebunden. Sie versucht erst, den Faden nach unten zu schieben, er sitzt jedoch zu fest, und so nimmt sie ihn in den Mund und beißt ihn mit einiger Mühe durch.

Sie entflicht den Zopf. Bis zur Hüfte reicht das Haar. Loni beginnt damit, es auszukämmen.

Schließlich nimmt sie eine Bluse aus dem Schrank und breitet sie auf dem Bett aus. Zwei darin eingewickelte Eier kommen zum Vorschein. Loni schlägt sie in einer Schüssel auf und benutzt den Kamm dazu, sie zu verrühren. Dann nimmt sie ein Fläschchen aus ihrer Schürze und kippt - es muss wohl so sein – Jungbluths Weinbrand dazu, rührt wieder, bis eine glatte Masse entstanden ist. Mit dieser Mischung macht sie sich auf den Weg in das Badezimmer.

Die Jungbluths und das Fräulein von Borgh sind nämlich nicht zu Hause. Alle vier haben vor etwa einer Stunde das Haus verlassen, um gemeinsam mit Dr. Morelli einer Aufführung in der Oper beizuwohnen. Loni solle den Abend zur Reparatur ihrer Wäsche nutzen, auch in einem Buch könne sie zur Erbauung einmal lesen, hat die Hausdame vorgeschlagen und ihr ein in Zeitungspapier eingebundenes dickes Werk mit dem Titel „Tugendbrevier eines Dienstmädchens" ausgehändigt, das allerdings unbeachtet auf dem Boden liegt. Sollte sie etwas genauer wissen wollen oder nicht verstehen, könne sie ja die Oberhofer befragen, die auch darauf achten werde, dass sie die freie Zeit nicht vergeude oder gar zum Ausschwärmen benutze.

Doch kurz nach der Abfahrt ihrer Arbeitgeber ist auch Bertha Oberhofer aufgebrochen, ohne gegenüber Loni ein Ziel zu benennen.

Den Hund, mit dem sie eigentlich spazieren gehen sollte, hat sie erst in den Garten gelassen und dann mit einem Napf voll Hundekuchen in das Atelier gesperrt, was darauf hindeutet, dass die Köchin nicht so schnell wieder zurück sein wird.

Und so hat Loni Holz für den Badeofen geholt, angezündet und während der Erwärmung des Wassers die Mischung für die Haarpflege vorbereitet. Sie sitzt nun auf dem Rand der Badewanne und schaut zu, wie das Wasser strömt, greift immer wieder einmal hinein, um die Temperatur zu prüfen, lässt sich beim Auskleiden Zeit, stöhnt wohlig auf, als ihre Zehen die Wasseroberfläche berühren, steigt jetzt ganz in die Wanne und setzt sich vorsichtig hin. Bis zum Kinn bedeckt das warme Wasser Lonis schmalen Körper und als sie ganz untertaucht, füllen die langen Haare die Badewanne und umgeben sie wie ein goldener Schleier.

Loni taucht wieder auf und will nach einer rosafarbenen Seife in einer Muschel aus Emaille greifen. Doch sie zieht ihre Hand zurück und beugt sich stattdessen zu dem Hocker hinüber, wo die Schüssel mit der Eimasse steht. Sie entleert diese über ihrem Kopf, verteilt, schäumt mit Wasser auf, massiert und taucht schließlich wieder unter.

Abgetrocknet und mit einem Handtuch um den Kopf, blickt Loni dann zufrieden in den Spiegel über dem Waschbecken.

Sie schlüpft in ihr Nachthemd und beginnt mit dem Entfernen der Spuren: Trocknen der Badewanne mit dafür darunter bereitgelegten Geschirrtüchern, Entleeren des Badeofens. Aufhängen der nassen Tücher über dem Herd in der Küche und Entsorgen der Asche und Holzreste in der Tonne neben dem Dienstboteneingang. Sorgfältiges Aufnehmen und Um-den-Finger-Wickeln aller ausgefallenen Haare, die ebenfalls in die Aschentonne entsorgt werden. Ausspülen und Zurückstellen der Schüssel. Schließen des Fensters im Badezimmer der Herrschaft.

Viermal muss Loni die Treppe hinunter und wieder zurück in das Bad, bis sie dort den Ausgangszustand wiederhergestellt hat. Ihr eigenes Handtuch, ein dünnes, kaum saugfähiges Stück Stoff, hängt sie in ihrem

Dienstbotenzimmer über den Stuhl und kämmt mühsam ihr Haar aus, von unten nach oben.

Loni löscht das Licht, setzt sich auf ihr Bett, breitet ihr Haar wie einen Fächer über das Kopfteil und lässt sich langsam nach vorne rutschen, bis sie ganz unter der Decke liegt und ihr Haar so zum Trocknen aufgespannt ist.

*

„Und ob du dir im Badezimmer das Haar aufgetubert hast, hat sie gesagt, sie kann es beweisen. Sie hat nämlich ein Haar von mir gefunden, sie hat es extra in ein Blatt Papier eingewickelt und aufgehoben. Fast hätte sie mir deshalb schon wieder den Ausgang gestrichen", erzählt Loni ihrer Schwester, „aber dann habe ich nur das ganze Bad putzen müssen und alles mit Franzbranntwein abwischen, damit meine Bazillen abgetötet werden. Ach ja, der Tante hat sie schwere Vorwürfe gemacht, weil sie nichts gemerkt hat, dabei war die gar nicht daheim."

„Als ob wir weiß Gott was hätten", sagt Afra, „dabei schmeißt die meinige Sachen zur Wäsche, die sich jedes anständige Weibsbild selbst herauswäscht, und seine Schneuztücher sind ganz steif vor lauter Rotz. Zwei Tage lang muss ich die einweichen, mindestens."

Loni und Afra gehen jetzt zum Friedensengel hinüber, denn Afra will Loni den Blick über die Stadt zeigen. Etliche andere Sonntagsspaziergänger sind unterwegs, manche sogar kostümiert, vor allem die Kinder.

Die Mädchen lehnen sich an die steinerne Brüstung und halten die Gesichter in die erstarkende Sonne.

„Da muss ganz schön was los gewesen sein, wie's die Brücke weggerissen hat." Loni schaut zur Isar hinunter, wo der Fluss so friedlich strömt, dass ihm die Zerstörungsgewalt kaum zuzutrauen ist.

Und doch: Wo die vom Regenten aus der eigenen Schatulle finanzierte Brücke war, ist jetzt nichts mehr.

„Ja, aber leider haben wir nichts davon mitbekommen, der Alte hat's bloß aus der Zeitung vorgelesen und uns verboten, an die Isar zu laufen. Schau, Loni, ganz am Ende der Straße ist das Prinz-Carl-Palais, die dicke grüne Kuppel mit den zwei Türmen da halb links, das ist die Theatinerkirche, da gehe ich manchmal zur Messe, obwohl es recht weit ist, aber sie ist halt so schön. Das dreieckige Dach ist die Oper, und das rechts ist die Ludwigskirche bei der Universität, auf der anderen Seite vom Englischen Garten. - Und hinter uns", sagt Afra, „ist der Friedensengel, den gibt's noch gar nicht lang."

Loni wendet sich um, macht ein paar Schritte und schaut nach oben. Schräg über ihr schwebt die golden leuchtende Gestalt, mit einem Lorbeerzweig in der Hand. Von hier sieht es aus, als ob der Engel gerade abgehoben hätte und fortschweben wollte, mit seinem Zweiglein, wie ein Glück bringender Bote, ausgesandt vom alten Jahrhundert in das neue, so verheißungsvoll bevorstehende, von dem Loni einen guten Teil erleben könnte. Doch was hält er in der linken Hand? Auch

Loni scheint es wissen zu wollen, denn kneift die Augen zusammen, um schärfer sehen zu können.

Es ist eine Figur auf einer Kugel, mit Schild und Schwert zum Kampf gerüstet, was kann das bedeuten?

Doch Loni hat das Interesse verloren. Sie geht jetzt um das Denkmal herum, gibt ein paar abschätzige Bemerkungen zu den Darstellungen auf dem Sockel ab und läuft die Freitreppe zur Luitpoldterrasse hinunter, Afra weit hinter sich zurücklassend. 24 Stufen zählt Loni laut, und noch einmal 24 Stufen.

Unten angekommen, läuft sie noch weiter, am Brunnen mit den auf Fischen reitenden Putti vorbei.

Diesen schwarzen Cockerspaniel, der jetzt aufgeregt bellend auf sie zukommt, wird Loni kennen, wie auch den jungen Mann im Sonntagsgewand.

Loni beginnt hingebungsvoll damit, den bei ihr angelangten Percy zu streicheln, Max schiebt die Hände in die Manteltaschen und wartet ab. Schließlich kommt er aber doch näher, die Hundeleine hin und her schwingend, an der Percy gleich wieder gehen soll.

„Nimm doch den Hund mit heim", sagt er zu Loni, „ich gehe zu meinem Freund hinüber, dort ist er ohnehin nicht so gern gesehen. Zum Abendessen bin ich wieder da, richte das bitte aus."

Nach dieser Mischung aus dienstlichem Auftrag und freundschaftlicher Bitte, hält Max Loni die zusammengelegte Hundeleine entgegen. Sie greift danach, will der Berührung der Finger ausweichen, Max hat wohl das Gleiche gedacht - die Leine fällt in den Schnee. Beide bücken sich, ihre Köpfe stoßen zusammen.

„Verzeihung", sagt Max. Loni sagt nichts, vielleicht hat es ihr die Sprache verschlagen, dass er sich für sie, das Dienstmädchen, gebückt hat. Und so überlässt sie es Max, die Leine aus dem Schnee zu fischen, nimmt sie entgegen, befestigt Percy daran, grüßt „Auf Wiedersehen", bleibt noch etwas stehen - und wendet sich dann zu ihrer Schwester um, die alles von der Treppe aus beobachtet hat.

„Das war der Herr Max", erklärt Loni ein wenig verlegen, „und sein Hund, der Percy."

„Das habe ich doch alles so ähnlich schon einmal gesehen", stellt Afra fest, „recht viel weitergekommen bist du aber seitdem nicht, oder?"

Loni antwortet nicht und so folgt Afra ihr die Treppen zur Aussichtsterrasse wieder hinauf. Oben bleiben sie stehen und schauen noch einmal zur Stadt hinüber.

*

„Wie bist du jetzt da herausgekommen?"

„Gewartet habe ich, bis alle im Bett waren", sagt Loni, „obwohl ich es beim Jungbluth nicht so recht weiß. Er werkelt abends oft noch in seinem Atelier herum. Aber er würde nicht zu mir in die Kammer gehen, um nachzuschauen, ob ich schon schlafe. Die von Borgh ist da schon gefährlicher, aber ich glaube, sie hat auch nichts gemerkt."

„Und wenn sie doch nachschaut?" Morelli bricht seine Überlegung ab, denn ein Kellner fragt nach seinen und der Dame Wünschen.

Morelli muss laut werden, ja, eine Flasche Tokajer solle es sein, denn gerade beginnt eine Gesangsdarbietung. Sechs Frauen haben die Bühne betreten, alle sind sie gleich gekleidet, in ärmellose, knöchellange weiße Kleider und weiße Strümpfe mit Ballettschuhen. Blumengirlanden in den Händen haltend, singen sie ein Lied von der Isar und den wilden Wasserfällen.

Nun kommt noch eine Frau, die wie ein Flößerknecht gekleidet ist und singt mit. Mit einer Stange hebt sie dabei die Röcke der anderen hoch, was beim Publikum unbändige Begeisterung auslöst. Immer wieder weichen die Frauen aus, immer wieder wird es versucht, oft gelingt es, und dann klatschen und johlen die Leute und die Sängerinnen werfen in gespieltem Schrecken die Arme in die Luft und schließlich stehen sie nebeneinander. Sie fangen an zu tanzen, hoch fliegen die Beine - und die falsche Flößerin geht jetzt mit einem Bauchladen herum, um Zigarren und Zigaretten zu verkaufen.

Der Kellner kehrt mit dem Wein zurück und schenkt ein. Erst der Herr, der ruhig einen Schluck nimmt, diesen im Mund hin und her bewegt und von innen an die zum Kussmund gespitzten Lippen drückt, bevor er ihn die Kehle hinabschickt.

„Passabel", findet Morelli und der Kellner schenkt nun sein Glas ganz voll und füllt auch das von Loni.

Morelli prostet ihr zu, sie stoßen an, und Amelies Zukünftiger nähert sein Gesicht dem Lonis, die allerdings sogleich von ihm weg und zur Bühne schaut.

Dort werfen die Tänzerinnen weiterhin die Beine in die Luft, fassen sich um die Taille, bilden dann Paare, die sich an den Händen nehmen, juchzen und kreischen, stehen nebeneinander und strecken den Besuchern das Hinterteil entgegen, aber nur sekundenlang.

„Ja, da schaust du", sagt Morelli und in der Tat – Loni sitzt weiterhin in Richtung Bühne ausgerichtet und wippt mit den Füßen im Takt.

„Das haben sie von Paris. Bei uns ist das natürlich provinziell, aber die Tänzerinnen dort solltest du einmal sehen, wahre Schönheiten, jede von ihnen."

„Sind Sie denn schon einmal in Paris gewesen, Herr Doktor?", fragt Loni und Morelli lächelt nachsichtig und nickt.

„Mehr als einmal, sonst würde ich's hier in diesem Kaff gar nicht aushalten. In Paris kann man atmen, da kann man frei sein und das Leben genießen. Das ist gar kein Vergleich!"

Loni wirkt beeindruckt, wie sie so bescheiden nickt und sich dann wieder der Bühne zuwendet. Jetzt singt eine Solistin, es ist ein Lied aus einer Operette.

„Da schau her, der Gustav! - Und in Begleitung!"

Die Frau sieht recht attraktiv aus, aber wohl nur bei dieser Beleuchtung und eher auf den ersten Blick. Ganz hell und weiß ist die Haut, als weicher Flaum liegt die Puderschicht auf dem Gesicht. An der Stirn und über der Oberlippe haben sich Fältchen gebildet, in denen sich der Puder zu einer klebrigen Masse verdickt hat. Ganz dunkel sind die geschwungenen Augenbrauen, aber sie bestehen nicht aus Härchen, sondern sind nachgemalt. Silbrig rosa glänzen die Lippen.

„Magst mich nicht vorstellen?"

Morelli macht keine Anstalten dazu und bietet ihr auch nicht an, Platz zu nehmen.

„Ich bin die Loni", sagt Loni an seiner statt, „und wer sind Sie?"

„D' Lies."

Die Frau versucht, den Mund beim Sprechen möglichst wenig zu öffnen, aber trotzdem sieht man, dass mehrere Zähne fehlen. Sie setzt sich und starrt Loni unverwandt an.

„Die Lies und ihr Louis?", grüßt Morelli endlich, „aber entschuldige den schlechten Scherz, das ist nur die freudige Überraschung."

„Meinst du den Anton? Er steht da drüben, bei der Säule. Soll ich ihm winken, dass er herkommt und uns Gesellschaft leistet?"

„Untersteh dich." Morelli holt sein Zigarettenetui heraus, zündet sich eine Zigarette an, ohne Loni oder Lies zu berücksichtigen.

Die Sängerin verlässt die Bühne und ein Mann tritt auf, in einer Kulisse, die das Hochgebirge zeigt. Er singt nicht einmal schlecht, vom Steinbock und vom Wildern, von der steilen Höhe und der Bergeinsamkeit. Loni hört zu, lässt ihre Blicke immer wieder einmal durch den Saal wandern, schaut auch auf die Empore hinauf, schaut sich die Leute an, das Personal, trinkt einen Schluck Tokajer.

„Sind Sie auf Dauer in München? Oder bloß auf Durchreise?", fragt Lies.

„Eher auf Dauer, glaube ich."

„Dann ist es ja besonders schön, dass Sie schon Anschluss gefunden haben."

„Soll ich dich an deinen Tisch zurückbegleiten?", fragt Morelli.

Die Lies lächelt, mit geschlossenem Mund. Sie schüttelt den Kopf.

„Ich hab gar keinen", sagt sie dann, „ich bleibe ein bisschen bei euch sitzen, wenn's genehm ist."

Morelli sieht verärgert aus, aber er widerspricht nicht. Demonstrativ rückt er seinen Stuhl näher zu Loni hin, die ihrerseits demonstrativ zur Bühne schaut. Morelli beugt sich vor, und Loni muss seinen Atem spüren, als er sie jetzt fragt:

„Warum bist du eigentlich gekommen?"

„Ich habe halt einmal so eine Vorstellung sehen wollen", sagt Loni halblaut.

Morelli legt seine Hand auf ihre Schulter und rückt noch näher: „Kannst es ruhig sagen!"

Und nun umspielt Morellis Zunge Lonis Ohr. Trotz der beengten Verhältnisse springt sie auf, was Lies, nun ganz ohne Rücksicht auf ihr unvollständiges Gebiss schallend auflachen lässt.

Ein paar Köpfe haben sich gedreht, aber groß ist das Aufsehen nicht. Warum denn auch, die Gäste werden nicht viel anderes als Sinn haben als Morelli oder Lies. Dass Loni eine Ausnahme ist, können sie nicht wissen. Sie setzt sich wieder hin, streicht die Haare glatt.

„Herr Doktor, sind Sie mit Marie auch hier gewesen?"

„Welche Marie?"

Morelli scheint nicht zu verstehen. Aber Lies hat verstanden und antwortet stellvertretend.

„Gustav, stell dich nicht so an! Die meint eine, mit der du hergekommen bist. Jetzt fragt sich nur noch: welche?"

Loni spricht weiter, aufgeregt ist sie jetzt und wegen des Gesangs muss sie die Stimme erheben: „Ihnen hat die Marie gefallen, und sie ist nach Schwabing gekommen, um zu bestellen, dass das Fest bei Jungbluth ausfällt, und dann ist sie geblieben, weil sowieso alles durcheinander war, wegen dem Hochwasser!"

Morelli sitzt da. In seinem Gehirn wird es arbeiten, und sein Herz treibt das Blut durch den Körper und drückt es gegen die Schläfe, wo man den Schlag sogar sehen kann, weil er eine Ader schwellen und rhythmisch pochen lässt.

Morelli fängt jetzt an, Loni anzuschreien und über-tönt den Gesang und die Unterhaltung an den anderen Tischen.

„Wer hat mir gefallen? Wer ist geblieben? Ja, spinnst denn du? Glaubst, ich habe das nötig, dass ich mich mit einer Dienstmagd abgebe?" Morelli hält kurz inne, sein Blick ruht auf Loni, voll Abscheu und Ver-achtung, fällt dann auf Lies.

„Ihr Weiber seid's doch alle gleich. Erst schöntun und dann kompliziert werden. - Da habt's Geld, das langt für den Wein, und für euren Aufwand auch noch. Geld! Was anderes wollt's ja sowieso nicht."

Morelli holt ein paar Scheine aus seiner Jackenta-sche, wirft sie auf den Tisch und geht ab.

Nun kommen die Frauen wieder auf die Bühne und werfen die Beine, dass man ihre Strumpfbänder und ihre Spitzenunterhosen sieht. Sie drehen sich, legen sich auf den Boden und strampeln auf und nieder.

„Und eines sagt ich dir noch!"

Morelli ist zurück, beugt sich zu Loni hinunter und packt sie: „Wenn du daheim auch nur ein Wort er-zählst, dann lernst du mich kennen, aber richtig! Dann dreh ich dir die Gurgel um!"

Morelli stößt Loni gegen den Stuhl, bahnt sich dann seinen Weg Richtung Ausgang, wobei er ein paar ihm hinderliche Personen aus der Bahn räumt.

„Ja, so ist er, unser Gustavo."

Lies nimmt die Flasche, füllt Morellis Glas und trinkt genüsslich. „Jähzornig halt. Aber kein schlechter Kerl, wirklich nicht. Da gibt's ganz andere. - Bist jetzt wirklich ein Dienstmädchen? Bloß ein Dienstmädchen und sonst nichts?"

Loni nickt. „Bei dem Maler Jungbluth. Und die Marie war vor mir da und jetzt ist sie weg. Ich glaube, dass sie von Morelli ein Kind bekommt und dass er jetzt nichts mehr von ihr wissen will. Und ich will ihr helfen."

„Ihr helfen", wiederholt Lies in einem sehr nüchternen Ton, „und deswegen hast du dich einladen lassen. Um einer anderen, die du nicht einmal kennst, zu helfen?"

„Ja", sagt Loni, „deswegen."

„Hör mir jetzt einmal zu." Lies fasst Lonis Kinnknorpel mit Daumen und Zeigefinger und bewegt ihn energisch hin und her.

„Ich glaube, dass du was anderes willst, du Mistkäfer. Du hast mitgekriegt, dass der Mann Geld hat, viel, und da hast du dir gedacht, dass das mehr einbringen könnte als bei deinem Malerpinsel den Dreck wegwischen. Und was die Marie kann, kann ich schon gleich, hast du dir gedacht, und dann krieg ich auch ein Kind, und Geld dazu, und muss nicht mehr arbeiten, sondern kann den ganzen Tag auf meinem Arsch sitzen und Maulaffen feilhalten, das hast du dir gedacht. Eines lass dir gesagt sein: Wenn du deine Pratzen nicht vom Morelli lässt, dann brech ich sie dir."

„So?" Loni befreit mit der einen Hand ihr Kinn und legt gleichzeitig die andere in den Nacken der Lies. Sie drückt die Hand zusammen, immer fester, sodass Lies, um dem peinigenden Druck auszuweichen, sich nach vorne beugt, bis sie mit der Stirn auf dem Tisch zu liegen kommt. Lonis anderer Arm greift unter ihr hindurch und formt eine Art Schwitzkasten, was die Zuschauer zu Heiterkeit veranlasst, vor allem, weil die Lies hilflos mit den Armen rudert und gerne freikommen möchte. Loni zieht sie nah heran und bringt ihren Mund an ihr Ohr, ähnlich wie Morelli vorhin, aber gar nicht zärtlich gemeint.

„So eine wie du sagt mir gar nichts. Und deinen Morelli kannst abschreiben, er heiratet nämlich bald und dann wird er ganz solid, da musst du dir deine Kundschaft anderswo suchen, verstanden?"

Lies nickt, wie es in ihrer Lage eben geht.

Der Mann mit dem roten Vollbart ist schon halb durch den Saal und schätzt Lonis Fluchtweg ab. Sie hat ihn jetzt auch gesehen und lässt die Lies los. Der Bärtige will Loni gerne schnappen, das ist klar, und Loni möchte ihm unbedingt entkommen.

Sie macht ein paar zögerliche Schritte Richtung Ausgang, der Bärtige hat das gleich erfasst und wird ihr den Weg abschneiden. Doch Loni kehrt um, läuft an den Tischen entlang geradewegs zur Bühne, die Stufen an der Seite hinauf. Nach einem kurzen Gerangel mit einer der Tänzerinnen verschwindet sie in den Kulissen. Der Verfolger hat Zeit verloren, eilt ihr dann aber nach, ebenfalls die Stufen hinauf. Doch er wird aufgehalten, und zwar von zwei sehr schweren, sehr kräftigen Männern.

Wie einen alten Freund haken sie ihn unter und schleifen ihn hinaus, unter dem Beifall des amüsierten Publikums.

Die Vorstellung geht weiter.

Lies, die sich wieder beruhigt und alles ungerührt beobachtet hat, streicht die Geldscheine glatt. Sie reicht einen davon dem Kellner, der schon eine Weile neben ihr steht. Die anderen verstaut sie in ihrem Beutel.

„Dank dir schön, Elisabetta, und bis morgen", sagt der Kellner.

*

Die von Borgh legt das erste Bild vor Jungbluth hin und lässt ihm Zeit, es auf sich wirken lassen. Dann folgt das zweite, das dritte und schließlich das vierte. Dieses letzte Bild entlockt Jungbluth einen Pfiff, ob anerkennend, ob schockiert, ist nicht zu entscheiden.

„Allerhand!"

Mit seinen mächtigen Händen schiebt Jungbluth die Bilder zusammen, sieht das Fräulein fragend an.

„Und jetzt? Was machen wir damit? Wollen Sie's wiederhaben?"

„Am liebsten würde ich den Schund ins Feuer werfen", sagt die von Borgh.

Die Hausdame zieht einen Kamelsattel unter Jung-bluths Schreibtisch hervor und platziert ihn neben den Stuhl des Künstlers, der sich zu ihr herabneigt, um ihre leisen Worte verstehen zu können.

„Ich bin mir ja nicht völlig sicher", sagt sie, „aber ich meine, dass sich zwischen Max und dem Mädchen et-was anbahnen könnte. Wenn er sich bereits durch sol-che Darstellungen, wie soll ich sagen - anregt? Dann ist doch Gefahr im Verzug! Wir müssen verhindern, dass da etwas Gestalt annimmt."

„Unbedingt! Auf diesem Gebiet habe ich keinerlei Reserven mehr." Jungbluth geht die Bilder noch ein-mal durch, schüttelt missbilligend den Kopf, legt sie vor sich hin.

„Und was sagen wir ihr als Grund?", fragt er dann.

„Nun", jetzt ist die von Borgh wieder auf sicherem Boden, „an Gründen für eine Entlassung gibt es keinen Mangel: Vor allem Widerspenstigkeit, aber auch man-gelnder Fleiß, Ungeschick. So wie sich das Mädchen führt, könnte ich aus dem Stand zwanzig Arbeiten sa-gen, die es nicht zu meiner Zufriedenheit erledigt. Im Übrigen bin ich ohnehin der Ansicht, dass eine ältere Person weniger Aufregungen verursacht als diese jun-gen Dinger, wenn sie auch nicht ganz so flink sein mag."

„Zu der Verlobungsfeier brauchen wir sie aber noch", fällt Jungbluth ein, „so schnell finden wir nie-mand, ganz gleich ob jung oder alt."

„Das habe ich berücksichtigt", antwortet die Hausdame, „ich denke, am zweiten Tag danach wäre am besten. Den Lohn erhält sie dann eben bis zum 15. März. "

Jungbluth nickt: „Bis zum 7. reicht auch."

„Außerdem -", setzt die von Borgh an.

„Ja?", fragt er.

„Es ist, nun es ist eine - wie soll ich sagen – etwas heikle Angelegenheit."

Sie hat diesen Satz, entgegen ihrer sonstigen Wortgewandtheit, nur mit einiger Mühe herausgebracht, die allerdings auch gespielt sein kann. Was wird nun kommen? Etwas noch Peinlicheres muss es sein, etwas, das nur besprochen werden kann, wenn es sich gar nicht vermeiden lässt.

„Nun, da die Verlobung und damit die Verehelichung des Fräuleins bevorsteht, wäre es angebracht, Amelie nicht ganz - wie soll ich sagen - nicht ganz im Ungewissen zu lassen."

Jungbluth schweigt.

„Mit anderen Worten", windet sich die Hausdame, nun offensichtlich entschlossen, den Weg zu Ende zu gehen, „es wäre wohl angebracht, wenn man ihr manches andeuten würde. Meine Schwester, die wie Sie ja wissen, ein Mädchenpensionat in Marienburg führt, hat mir eine Schrift zu diesem Gebiet zugesandt, die sie selbst verfasst hat und die in schonender, aber doch klar verständlicher Weise alles Wissenswerte darlegt."

„Eine Schrift", wiederholt Jungbluth, „das ist ganz hervorragend. Geben Sie ihr diese Schrift, dann kann sie alles in Ruhe nachlesen."

„Sehr wohl", sagt die Hausdame, „ich versichere Ihnen, es ist eine auch vom Standpunkt des Sittlichen aus äußerst empfehlenswerte Abhandlung. Ich werde alles in die Wege leiten."

Sobald sie den Raum verlassen hat, nimmt Jungbluth die Bilder zur Hand, betrachtet sie in aller Ausführlichkeit. Etwas sehr Komisches muss ihm dabei durch den Kopf gehen, denn sein Mund verzieht sich zu einem Grinsen.

Das Fräulein ist nun in der Küche angelangt, wo Bertha Oberhofer gerade mit dem Abwasch beschäftigt ist. Drei große Wannen benötigt die Köchin dazu: eine zum Reinigen des Geschirrs, eine zum Spülen und eine zum Abtropfen.

„Bertha", beginnt die Hausdame, „ich habe Gründe zu vermuten, dass Sie heimlich Nahrungsmittel ausgeben. Ich habe auch Anlass anzunehmen, dass sie diese dem ehemaligen Mädchen zukommen lassen. Nun, wie verhält es sich damit?"

Die Oberhofer antwortet nicht, aber ihr Gesichtsausdruck und ihre Hände, die sich um den zu einer Wurst gedrehten Spüllappen krampfen, lassen darauf schließen, dass das Fräulein von Borgh den Nagel auf den Kopf getroffen hat.

„Nun?", bedrängt sie die Köchin.

Die Oberhofer dreht den Spüllappen auseinander und legt ihn auf den Küchentisch. Ihre Hände zittern, ihre Stimme bebt vor Empörung.

„Ich habe noch nie etwas veruntreut, in 23 Jahren bei der Familie Jungbluth nicht, nicht einmal einen Sparpfennig habe ich genommen. Ich habe alles von meinem Lohn bezahlt, und was ich vom Haus genommen habe, habe ich so bald wie möglich ersetzt. So wie es im Rechnungsbuch steht, ist es auch richtig. Ich habe nichts gestohlen!"

Die Hausdame schaut sie aus leicht zusammengekniffenen grauen Augen an: prüfend, abwägend, urteilend.

Die Oberhofer, in ihrer Ehre getroffen, hält dem Blick ohne Wanken stand. Sie wird, wenn nicht die Hausdame einlenkt, bald für einen anderen Haushalt kochen. Anders kann dies nicht enden.

Und wirklich, die Hausdame gibt nach: „Ich will Ihnen glauben, schließlich hat es nie Verstöße Ihrerseits gegeben, aber - das muss unverzüglich aufhören. Sonst muss ich es dem gnädigen Herrn mitteilen!"

„Sehr wohl", antwortet Bertha Oberhofer.

*

Vorbei sind Rosenmontag und Faschingsdienstag, vorbei sind Übermut und Maskenscherz, der Abreißkalender neben dem Herd zeigt: Es ist Aschermittwoch, der 28. Februar 1900.

Die Hausdame, in diesen Dingen überaus korrekt, hat sowohl der Köchin als auch Loni den Besuch der Messe nicht nur erlaubt, sondern sogar ausdrücklich nahegelegt, da ihre Religion dies so vorsehe. Und nun stehen beide zum Verlassen des Hauses bereit da. Alles ist noch ganz still, nur Percy hat seine Schlafstätte aufgegeben, um nach dem Rechten zu sehen und nimmt von der Köchin einige Wurstreste entgegen.

„Ich muss dir jetzt was sagen", sagt sie zu Loni, nachdem sie die Tür zur Treppe geschlossen hat.

„Was denn, Tante?"

Loni, die vorhaben wird, die heilige Kommunion nüchtern zu empfangen, trinkt einen Schluck aus dem Wasserhahn.

„Mit Marie."

Jetzt ist Lonis Neugier geweckt.

„Ich weiß nicht, was mit ihr los ist. Erst hat sie einen Platz als Bettgeherin gehabt. Und dann hat sie der Mädchenschutzbund untergebracht, aber da wollte sie nicht mehr bleiben, ich weiß auch nicht, warum. Sie wusste nicht ein und nicht aus. Und deswegen habe ich sie zum Übernachten nach Zamdorf hinausgeschickt, in den Garten, da ist ein Schupfen."

„Was, bei der Kälte?"

„Es ist ein Ofen da. Sie soll aber bloß heizen, wenn es gar nicht anders geht, und nur nachts. Am Montag wollte sie heimlich kommen und mir den Schlüssel zurückgeben, aber sie ist nicht gekommen, obwohl ich bis zum frühen Morgen auf sie gewartet habe. Außerdem hat die Borghsche etwas gemerkt. Also, kurz und gut, du gehst jetzt hinaus und schaust nach ihr. Sag ihr auch, dass sie da nicht bleiben kann. Am besten, sie geht gleich mit dir in die Stadt zurück. Und sie soll dir den Schlüssel mitgeben, unbedingt."

Die Köchin holt einen Umschlag mit Geld, schon vorbereitete Wurstbrote und heißen Tee in einer Feldflasche, gibt alles in ihren Einkaufskorb. Außerdem bekommt Loni die hauseigene Laterne und einen Wollschal, zusätzlich zu ihrer Jacke. Dann beschreibt die Oberhofer den Weg: Den Feldweg von der Sternwarte aus entlang, immer nach Osten, auf die Kamine der Ziegeleien zu, bis an die Chaussee. Auf der weiter, an einem großen Bauernhof mit Ziegelei vorbei, bis zur Kreuzung. Bei der Wirtschaft dort nach links, und weiter, bis zu den Gärtnereien, davon die letzte.

„Wenn du es gar nicht findest, musst du halt jemand nach dem Garten von Jungbluth fragen", endet die Köchin.

„Das finde ich schon", sagt Loni.

„Erklärst ihr, wer du bist, und schönen Gruß von mir. Ich bete für dich mit, und für die Marie auch. Sie soll mich wissen lassen, wo sie unterkommt."

Loni hat es eilig, nach Zamdorf hinauszukommen, sie bewegt sich so schnell voran, wie es in der Dämmerung und bei der Kälte möglich ist. Den Schal der Tante hat sie um den Kopf geschlungen, als Schutz gegen den eisigkalten Wind.

166

In den Spuren der Vorgänger geht es über die bis zum Horizont reichende Ebene. Vom sich schon leicht erhellenden Himmel zeichnen sich Kamine und vereinzelte, wuchtige Gebäude ab, die wie Inseln daliegen.

Ab und zu begegnet ihr jemand.

„Sgod", sagt Loni, nicht mehr, die anderen sagen es auch und streben weiter ihrem Ziel zu.

Sie erreicht schließlich die auf einem Damm verlaufende Chaussee, eilt weiter in Richtung der Kamine, geht an dem von ihrer Tante beschriebenen großen Hof mit der Ziegelei vorbei. Das Vieh ist zu hören, Hunde schlagen an.

Es ist auch heller geworden und rauchblaue Wolkenwellen schäumen gegen ein aprikosenfarbenes Gestade.

An der Kreuzung mit dem Wirtshaus wendet Loni sich nach Norden. Sie passiert einen weiteren Bauernhof und mehrere Ziegeleien mit langgestreckten Trockenstädeln, Ofengebäuden und Arbeiterbaracken. Still und schneebedeckt liegen sie in ihrer Winterruhe da. Jetzt beginnen die Gärtnereien. Gewächshäuser gibt es und mehr als einen Schuppen, aber die Köchin hat ja gesagt, dass es die allerletzte Gärtnerei sei.

Dann ist sie am Ziel. Spuren im Schnee führen zum Schuppen hin.

Loni klopft, klopft noch einmal, lauter, ruft: „Marie, bist du da?"

Loni geht sie um den Schuppen herum und lugt durch den Spalt zwischen den Fensterläden, kann aber offenbar nichts sehen. Schließlich kehrt sie zur Tür zurück und drückt die Klinke nach unten. Die Tür ist verschlossen.

Loni ruft noch mehrmals nach Marie. Als niemand antwortet, versucht sie, einen der Fensterläden aus den Angeln zu heben. Das ist schwierig, denn die Fensterläden sind von innen durch einen Riegel verbunden und hebt sich der eine ein wenig nach oben, bewegt sich der andere mit. Loni stemmt sich gegen den Boden, beißt die Zähne zusammen vor Anstrengung. Die Läden lassen sich aber nicht öffnen.

*

Auf des Professors robustem Schreibtisch liegt eine Ausgabe der Zeitschrift „Simplicissimus". Ein toter Prinz Karneval ist auf dem Titelblatt zu sehen, hingestreckt auf seinem Sarg, neben dem zwei Kerzen rauchen. Eine schwarze Gestalt kommt auf ihn zu und vertreibt zwei letzte Kostümierte, die sich eilig davonschleichen. Die schwarze Gestalt schleppt Ketten mit sich, doch auch einen Blumenstrauß – dies hat mit dem geplanten Gesetz zur Verbesserung von Sitte und Moral im Deutschen Reich zu tun.

Mit bebenden Schultern steht die Köchin vor Jungbluth, das Gesicht in den Händen verborgen. Sie weint, weint hemmungslos und reibt sich immer wieder die Augen.

„Was ist denn los?", fragt Jungbluth.

Doch die Oberhofer weint so sehr, dass sie nicht gleich antworten kann.

„Ist es wegen Loni?", fragt er, „sie findet schon wieder eine Stellung. Die Mädchen können sich doch heute aussuchen, wo sie dienen wollen."

Die Köchin bringt immer noch kein Wort heraus, wird von einem Schüttelfrost gepackt. Dann endlich geht es: „Nein, Herr, wegen Marie. Sie ist tot."

„Was?"

Die Oberhofer nickt und wischt sich mit dem Schürzenzipfel die Tränen ab, ähnlich wie Marie selbst, als sie im Schneetreiben das Haus verlassen musste.

„Jetzt reden Sie doch endlich!"

„Im Gartenschupfen haben sie sie gefunden, draußen in Zamdorf."

„Wo?" Jungbluth ist alarmiert. „In meinem Garten?"

„Ja", sagt die Oberhofer, „die Loni hat's heut früh gefunden, tot ist's, ganz bestimmt. Sie hat dort übernachtet, sie hat doch nicht gewusst, wohin."

Es wäre nicht überraschend, wenn Jungbluth jetzt einen seiner Wutanfälle bekommen würde, sein Gesichtsausdruck ist danach, doch er nimmt sich zusammen, fasst in seinen Schreibtischschrank, holt Gläser und eine Flasche heraus, schenkt sich ein Glas Weinbrand ein, schenkt dann noch ein Glas Weinbrand ein und schiebt es der Oberhofer hin, die tatsächlich trinkt, wie auch er. Jungbluth erhebt sich und beginnt, auf- und abzugehen.

„Ja, und wie kommt sie da hinein?"

„Ich hab ihr den Schlüssel gegeben und auch etwas zu essen, weil sie mir so leid getan hat. Und heute früh habe ich die Loni geschickt, um nachzuschauen", sagt die Oberhofer, „und da hat sie die Marie gefunden."

„Man muss die Gendarmerie verständigen. So etwas muss man gleich melden, unverzüglich." Jungbluth greift nach seinem Glas, leert es.

„Das hat die Loni schon, sie ist auch jetzt noch dort. Sie haben von Zamdorf einen Buben hergeschickt, dass er es uns sagt. Mit seinem Vater hat die Loni den Schuppen aufgebrochen."

Jetzt ist die Oberhofer wieder ganz Köchin und Dienende.

„Ist er noch da? Warum haben Sie ihn denn nicht heraufgebracht?"

„Er wollte gleich wieder weg. Sie sind ja sowieso schon auf die Gendarmerie, nach Berg am Laim."

Dennoch will Jungbluth nun selbst auf die Polizeistation gehen, damit nicht etwa ein Versäumnis entstehe. Er hat noch eine Frage.

„An was ist's denn eigentlich gestorben? Erfroren?"

„Ich weiß es auch nicht genau", sagt die Oberhofer, „aber sie hat mir gar nicht gefallen, als sie am Samstag da war. Blass war sie, und schlimm gezittert hat's."

Die Erinnerung daran bringt die Köchin wieder zum Weinen.

„Jetzt gehen Sie erst einmal hinunter und beruhigen sich. Und wenn Sie heute Mittag bloß einen Kaiserschmarrn machen, ist es auch recht", gibt ihr Jungbluth mit auf dem Weg.

Er schließt nicht aus, dass das Mädchen Marie, wie er der Hausdame nach seiner Rückkehr von der Polizei mitteilt, Hand an sich gelegt habe, aus Verzweiflung.

„Ja, vielleicht hat sie sich vergiftet", stimmt das Fräulein zu, „in der Annahme, das ginge ganz leicht und schmerzlos, wie in ihren Liebesschnulzen. Aber wenn es Rattengift war, dann ist sie krepiert."

Die Hausdame ist sicher keine Leserin romantischer Geschichten. Die Hausdame ist ein kritischer Geist. Und so rät sie, erst einmal das Ergebnis der polizeilichen Untersuchung abzuwarten, bevor man irgendwelche Schlüsse ziehe, ein Selbstmord – sie spricht das Wort ohne Zögern aus - sei zwar prinzipiell vorstellbar, schiene ihr bei Maries insgesamt fröhlichem Gemüt aber doch eher auszuscheiden. Grundsätzlich wünsche sie das der Toten auch, schließt die von Borgh in einem Anflug von Pietät, denn ein ordentliches christliches Begräbnis sei sonst kaum möglich.

„Und wer zahlt?", will Jungbluth wissen. „Zahlt das die Stadt München? Da war sie doch her und seit der Einverleibung sind sie für uns ja sowieso in der Pflicht. Aber Zamdorf gehört zu Berg am Laim. So ein

Begräbnis kostet doch und von Angehörigen habe ich nie etwas gehört!"

Ihn könne man unter gar keinen Umständen in die Pflicht nehmen, beruhigt ihn die Hausdame, er sei ja mit dem Mädchen nicht verwandt und habe es ordnungsgemäß entlassen. In solchen Fällen trete der Staat ein, es sei denn, es gebe eine Sterbeversicherung, aber davon gehe sie nicht aus.

*

Obwohl das Haus kein praktizierend katholisches ist, gibt es an diesem Tag kein Fleisch. Nach der Eierspeise am Mittag soll zum Abendessen ein aufwändiges Fischgericht folgen, ein Hecht, der am Nachmittag angeliefert wird. Die Oberhofer nimmt ihn am Seiteneingang entgegen und versieht den Boten mit einem Trinkgeld sowie einer Tasse Kaffee im Stehen. Auch die Hausdame zeigt besonnene Ruhe und weist Loni an, erst einmal die Fenster im Atelier zu putzen, bevor sie der Köchin in der Küche zur Hand gehe.

Jungbluth ist gleich nach dem Mittagessen aufgebrochen. All dies sei eine Zumutung, hat er dem Fräulein gesagt, auf die Akademie müsste er eigentlich, tausendundein Dinge seien zu erledigen, aber gegen die Vertreter der Staatsgewalt komme man ja nicht an. Gleich heute hätten sie gesagt, gleich heute solle er nach München hinüber, um Marie dort zu identifizieren und einige Fragen zu beantworten.

„Pathologisches Institut", hat er zu dem erstaunten Kutscher gesagt.

Bertha Oberhofer entfernt Verpackung und Eis und legt den Fisch auf ein langes Holzbrett. Gut zwei Kilo wird das beeindruckende Tier mit seinem leicht abgeflachten Maul voller spitzer Zähne, den paarigen Brustflossen und der graugrün schimmernden Maserung wiegen.

Die Köchin lässt den Fisch so liegen und geht die Treppe zur herrschaftlichen Diele hinauf, von wo sie zwei, drei Minuten später von Amelie gefolgt zurückkehrt. Sie händigt dem gnädigen Fräulein eine frische Schürze aus, die Amelie willig umbindet, bevor sie gemeinsam mit der Köchin nun den Fisch in Augenschein nimmt.

„Die Kiemen müssen blutig rot sein, aufpassen, dass sie nicht künstlich gefärbt sind, manche Fischhändler machen das, unserer zwar nicht, der ist reell, aber ganz sicher ist man natürlich nie", erklärt die Oberhofer.

Amelie nickt eifrig.

Die Augen müssten klar sein, geht die Belehrung weiter und die Köchin klopft nun ein paarmal mit der flachen Hand auf den Bauch des Fisches, um dessen Härte - ebenfalls ein Zeichen für Frische und Gesundheit, wie sie sagt - zu prüfen. Sie zeigt sich damit zufrieden und entnimmt dann einer Schublade ein Messer, mit dem sie die Schuppen abschabt, immer von hinten nach vorne, betont die Oberhofer, immer schön eng am Körper, damit sie nicht in der ganzen Küche herumflögen.

Silbern schimmernd lösen sich die Schuppen von der Haut, hingebungsvoll und geschickt arbeitet die Köchin, die nun das Messer und das Holzbrett unter dem Wasserhahn reinigt, und dann eine Mischung aus Essig und Salz herstellt, in die sie einen weißen Lappen taucht. Mit dem Lappen reibt die Köchin den Fisch wieder und wieder ab, nicht nur den schweren Körper, sondern auch die Flossen und den Schwanz, obwohl diese gar nicht zum Verzehr vorgesehen sind.

„Jede Spur von Modergeruch kann und muss man so tilgen", sagt die Köchin.

Nun greift sie wieder zu dem Messer, das sie ebenfalls mit dieser Lösung behandelt. Sie dreht den Hecht ein wenig nach oben, schneidet ihm dann den Bauch von den Brustflossen bis zum After auf, öffnet ihn und beginnt die Eingeweide zu entnehmen, vorsichtig, um nicht die Galle zu verletzen und damit den Geschmack des Fleisches zu ruinieren.

Amelie ist ein paar Schritte zurückgetreten.

„Warum lassen wir das denn nicht schon im Geschäft erledigen?", fragt sie.

„Weil man dann die Qualität nicht einschätzen kann", antwortet die Oberhofer, „ich möchte den Fisch erst einmal ganz sehen. Immer alles daheim selbst machen oder halt vom Personal machen lassen."

Sicher hat die erfahrene Köchin schon unzählige Tiere aufgeschnitten und ausgenommen, aber jetzt legt sie das Messer beiseite und greift sich mit beiden Händen an den Hals, als ob sie von hinten jemand würgen würde. Sie lässt den Fisch mit geöffneter, erst unvollständig geleerter Bauchhöhle liegen und stürzt die Treppe hinauf, ins Freie, wo sie wie eine Erstickende nach Luft ringt und sich schließlich erbricht, während Amelie hilflos im Dienstboteneingang steht.

*

„Wenigstens sind sie vernünftig", findet Jungbluth, „und machen keine Staatsaffäre daraus. Die Identifikation war auch mehr der Form halber, weil es so Vorschrift ist. Besonders ersprießlich war das zwar nicht, aber ein Blick auf sie hat gereicht."

Nicht ohne einen gewissen Vorwurf Marie gegenüber erwähnt er den Zustand des Gartenschuppens, wo sie eine erhebliche Unordnung und auch Verschmutzungen zurückgelassen habe. Loni solle möglichst bald mit der Scheuerfrau hinaus, um alles zu reinigen und gründlich auszuräuchern. Die Hausdame hat daran nichts auszusetzen.

Auch sie findet kein gutes Wort für Marie: „An die Folgen für andere hat sie sicher keine Sekunde gedacht, und die Oberhofer auch nicht. In ihrem Alter hätte sie es besser wissen müssen. Es gibt doch Institutionen, für solche Fälle. "

Die von Borgh erzählt nun in aller Kürze von der Unpässlichkeit der Köchin, die sie selbst mit Kamillentee versorgt und zu Bett gebracht habe. Außerdem habe sie Amelie den Besuch bei Beatrice angeraten und mangels anderer Möglichkeiten die Vorbereitung des Abendessens selbst in die Hand genommen. Und siehe da: Man verlerne nichts, auch wenn das Kochen eigentlich ja nicht ihr Metier sei.

Nun köchelt der Hecht, vollständig ausgenommen und gewürzt, in einer Fischwanne vor sich hin, wobei Loni verpflichtet ist, sich ununterbrochen in der Küche aufzuhalten und die Hausdame bei ausreichendem Trübwerden der Augen zu verständigen.

„Sie wollten wissen, warum ich ihr vor Lichtmess gekündigt habe."

„Und? Was haben Sie gesagt?", fragt die von Borgh.

Jungbluth, heute ganz im bürgerlichen Stil gekleidet, streicht die Spitze seines Bartes aus, bevor er antwortet. „Ich habe gesagt - das musste ich ja -, dass sie einen Fehltritt begangen hat, und dass ich dies nicht dulde, es als Vater minderjähriger Kinder unter meinem Dach nicht dulde."

„Das ist doch nur recht und billig", sagt die von Borgh. „Und haben sie auch gefragt, wer der Vater ist?"

„Ja, sie wollten wissen, ob ich es weiß."

„Und? Was haben Sie gesagt?"

„Dass es ein italienischer Ziegelstreicher gewesen sein wird. Wahrscheinlich hat er sie in den Dachstuhl von einem Trockenstadel eingeladen, zur kostenlosen Besichtigung. Und dann war's Oktober und weg war er, der glutäugige Romeo."

Jungbluth schmunzelt, denn dass das Fräulein seine Ausdrucksweise nicht billigt, ist deutlich zu sehen. Betont nüchtern spricht er weiter.

„Kurz und gut: Sie gehen davon aus, dass der Vater ungewiss ist. Außerdem haben sie gefragt, ob wir sie nach ihrem Abschied noch einmal gesehen haben. Ich habe gesagt: Nein, natürlich nicht, und dass sie den Schlüssel zum Schuppen nach dem Sommer behalten haben muss. Kein Wort von der Oberhofer mit ihrer rührseligen christlichen Nächstenliebe. Und die Loni ist hinaus, damit sie nachschaut, ob man schon bald etwas anpflanzen kann und hat sie per Zufall gefunden."

„Nun ja, das hätte immerhin so sein können", meint die von Borgh, „hat Apollonia dies so bestätigt?"

„Das weiß ich nicht. Sie war ja erst allein auf der Gendarmerie, mit dem Gärtner, der ihr geholfen hat. Auf jeden Fall hat es sich nicht so angehört, als ob da etwas nachkommt."

„Das glaube ich auch nicht", sagt die von Borgh.

Jungbluth schaut eine Weile ins Kaminfeuer, wird dann nachdenklich: „Sie muss vor Schmerzen an der Wand hinauf sein. Pyämie, meinen sie, wahrscheinlich post abortum. Und dass sie solche öfter haben. Die offizielle Obduktion ist aber erst morgen."

Die von Borgh legt ihre blasse Hand, die ein wenig nach Fisch, Essig und Zwiebeln riechen wird, auf die Hand des Künstlers, der kein Zeichen der Überraschung zeigt. Nun steht die Hausdame auf und beginnt, hinter ihm verweilend, seinen Nacken zu massieren. Jungbluth lässt seinen Schädel nach hinten sinken, bis er die fest geschnürte Taille der Hausdame berührt und schaut so von unten zu ihr auf.

„Es war richtig, dass wir uns mit Andeutungen begnügt und es ihm nie auf den Kopf zugesagt haben", findet die Hausdame, „es gäbe nur Klatsch und Tratsch, wenn er bei der Polizei aussagen müsste und so bleibt alles im Unbestimmten und wird bald vergessen sein."

„Also, uns ist nichts vorzuwerfen", sagt Jungbluth wegen der Überdehnung seines Halses etwas gepresst, „das hätte sie sich früher überlegen müssen, sie hat doch immer so fromm und anständig getan. Eigentlich habe ich es mir schon gedacht, als ich sie gemalt habe, der Künstler sieht veränderte Linien früher als andere."

Die von Borgh hält ihn in seiner Lage gefangen und er schaut recht innig zu ihr auf.

„Ich habe ja wirklich einmal", sie legt eine kleine Pause ein, „ich habe ja wirklich einmal, als Marie Ihnen Modell gelegen hat, ganz kurz gedacht, dass Sie selbst – Sie wissen schon."

Die Hausdame bricht in ein geradezu juveniles Gekicher aus, das in eine Art Knurren übergeht, als Jungbluth sie nun zu sich herunterzieht.

*

Amelie und Max, die sich nur wenige Minuten später an Hecht in Buttersauce gütlich tun und dazu Salzkartoffeln genießen, erfahren nur, dass das Mädchen Marie, das über so viel Unvernunft verfügte, sich in diesem strengen Spätwinter ausgerechnet im Gartenhaus niederzulassen, dort an den Faschingstagen erfroren sei.

Amelie sperrt den Mund vor Erstaunen so weit auf, dass Hecht mit Salzkartoffel auf ihrer Zunge sichtbar wird. Gleich schließt sie ihn wieder, kaut, entfernt mit den Fingern eine Gräte, schluckt.

Dann sagt sie: „Ich brauche deswegen aber meine Verlobung nicht verschieben, oder?"

Noch bevor Jungbluth und seine Hausdame etwas entgegnen können, sagt Max: „Ich glaube nicht, dass sie erfroren ist, so von selbst."

„Warum denn nicht? Bei dem Frost wärst du auch erfroren, und zwar ganz von selbst", antwortet Jungbluth schroff.

„Bestimmt hat sie keine Stellung mehr gefunden, nachdem sie bei uns hinausgeflogen ist", sagt Max, „bestimmt war sie ganz arm dran und hat nicht mehr gewusst, was jetzt aus ihr werden soll, so allein."

„Das mag sein. Aber sie war nicht mehr in unserem Dienst und wo sie dann hingeht, ist ihre Sache. Hätte ihr die Oberhofer nicht den Schlüssel gegeben, in ihrem Schwachsinn, dann wäre sie nicht erfroren. Dann wäre sie in einer Wärmestube gewesen oder in einem

Asyl oder wo die Leute hingehen, wenn es so kalt ist. Steig doch einmal hinunter und setz ihr das auseinander, dann haben wir vielleicht unsere Ruhe und müssen uns das vorwurfsvolle Gesicht nicht mehr anschauen."

Jungbluth weist auf die Schüssel vor ihm und die von Borgh legt ihm Kartoffeln vor. Mit Jungbluths bislang noch aufrechterhaltener Selbstbeherrschung ist es nun vorbei, was überraschend kommt, denn seit seiner Rückkehr von der Gendarmerie hat er alles zweckdienlich abgehandelt.

„Wenn ich feststelle, dass sie erfroren ist und wenn die Polizei das auch feststellt, dann wirst du Rotzlöffel nicht sagen, dass es ganz anders war! An deiner Stelle wäre ich still, aber ganz still."

Er bricht ab, denn die Tür hat sich geöffnet und ist recht laut wieder ins Schloss gefallen.

Lonis Anwesenheit erzeugt Schweigen. Stumm empfangen alle bis auf Jungbluth von dem Dienstmädchen ihren Anteil am Schokoladenpudding, stumm verzehren sie ihn. Erst als Loni abgeräumt und das Speisezimmer wieder verlassen hat, ergreift die Hausdame wieder das Wort.

„Wenn Sie beide bitte in den Salon hinübergehen würden," sagt sie und Max eilt hinaus, als ob er aus dem Gefängnis entlassen worden wäre. Doch erst als sich die Schiebetür auch hinter Amelie geschlossen hat, sprechen der Professor und seine Vertraute weiter.

„Ich muss endlich einmal die Narrenverse durchgehen", sagt Jungbluth. „Wissen S' was, ich lese vor und Sie sagen mir, ob es so passt oder nicht."

*

„Wir brauchen in jedem Fall eine Hilfe zum Servieren, das ist das Minimum. Diese Apollonia hat sowieso zwei linke Hände", entscheidet das Fräulein. Es geht um das Verlobungsmenü, das in verschiedenen Variationen auf losen Zetteln vor ihr liegt, die Amelie jetzt noch einmal unschlüssig überfliegt.

„Ich fände die Hirnpflanzerlsuppe gut", sagt sie nach einigem Überlegen, „sie hat Dr. Morelli doch so geschmeckt. Oder lieber doch eine Bouillon?"

„Es spricht nichts gegen das schöne deutsche Wort Fleischbrühe, wir haben diese Gallomanie nicht nötig", mahnt das Fräulein.

Amelie schreibt „Fleischbrühe" auf ein neues Blatt Papier.

Und so weiter. Fast zwei Stunden dauert es, bis die beiden sich endlich auf das Menü geeinigt haben. Die von Borgh lässt Amelie dabei weitgehend freie Hand, denn schon bald werde diese auf ihren Rat ganz verzichten und selbst täglich die Speisen auswählen müssen, wie die Hausdame, als sie endlich vom Tisch im nur selten benutzten Damenzimmer aufstehen, ihr noch sagt.

Amelie sieht bei dieser Ankündigung ein wenig beunruhigt aus, doch dann hellt sich ihre Miene wieder auf. Sie werde jetzt der Oberhofer die Anweisungen geben.

Unten in der Küche nimmt diese dann zur Kenntnis, dass für die geladenen elf Personen, plus fünf Angehörige des Haushaltes - Morelli wird bereits dieser Gruppe zugeschlagen - sechs Gänge vorgesehen sind.

„Fleischbrühe mit Markklößchen, Krustierter Waller mit Butter und Kartoffeln, Schwarzwildpret in Preiselbeersauce, Kapaunenbraten mit Salat und gemischtem Früchtekompott, Reispudding mit Hagebuttensauce, Eisbombe. Zwei Torten, Dessert, Obst", liest Amelie vor.

Die Köchin nimmt das Blatt und überfliegt es noch einmal, nachdem sie umständlich ihre Brille herausgeholt und aufgesetzt hat. Sie nickt, das kann nur heißen, dass das Verlobungsmenü als passend zu betrachten ist.

„Was für Getränke?", fragt sie dann.

„Getränke - ja, da muss ich das Fräulein fragen."

„Machen S' das." Die Oberhofer legt das Blatt in die Tischschublade.

„Wegen einem Dienstboten verschiebe ich doch meine Verlobung nicht", berichtet sie bald darauf Loni und der Waschfrau. „So hat sie es gesagt, ich habe es gehört, als sie mit der Borghschen die Treppe hinaufgegangen ist."

Loni wird von Amelie nichts anderes erwarten. Und die Waschfrau sieht so schicksalsergeben aus, dass eine Mitteilung dieser Art auf sie keinerlei Wirkung mehr haben kann.

Loni und die Waschfrau haben ihre letzte gemeinsame Pause eingelegt und verzehren Kartoffeln mit Salz, dazu gibt es wieder einmal Kaffee, aus dem Satz des herrschaftlichen Kaffees zum zweiten Mal gebrüht. Seit vier Uhr früh sind beide am Reiben, Spülen, Bleichen, Blauen, Stärken und Auswringen, nun folgt noch das Aufhängen der Wäsche im Speicher, womit die Dienste der Waschfrau enden. Das Abnehmen der getrockneten Wäsche, das Mangeln und Bügeln fällt allein Loni zu.

In ihrem Zimmer liest Amelie währenddessen in dem Büchlein, das die Hausdame ihr mit ermutigenden Worten ausgehändigt hat. Einmal flüstert sie „oh, nein" und einmal sagt sie gar halblaut „um Himmels willen". Dann aber glätten sich ihre Züge wieder, denn die nun folgenden Seiten behandeln ausführlich „Die Freuden der Mutterschaft".

*

Pünktlich hat die Oberhofer das Haus verlassen, ganz in schwarz gekleidet ist sie zur Beerdigung Maries gefahren, zum Armenbegräbnis auf dem Giesinger Friedhof.

Die Marie sei ein Waisenkind gewesen, hat sie Loni erzählt, Tochter einer vazierenden Magd und eines unbekannten Vaters. Aufgewachsen als Kostkind in Ismaning, dann im Aysl. Von dort würde eine Erzieherin erwartet. Mit dieser und dem Pfarrer werde nur sie selbst Marie auf deren letztem Weg begleiten. Loni wollte mit, aber die Köchin hat ihr gesagt, sie brauche gar nicht erst fragen, denn die Bügelwäsche sei schon eingesprengt.

So hat Loni die Küche für sich. In Weidenkörben steht die zum Bügeln vorgesehene Wäsche bereit, auf dem Herd das Bügeleisen, das so schwer ist, dass Loni es mit beiden Händen anheben muss.

Auf Geheiß der Hausdame hat Loni mehrere Decken über den Holztisch gelegt, sie dienen als Unterlage für die Wäschestücke. Und nun öffnet sie die Herdplatte und holt mit einer eisernen Schaufel glühende Kohlen heraus, die sie vorsichtig in das Bügeleisen füllt, um es damit zu erhitzen.

Zwei, drei Kohlenstücke fallen auf den Boden, wo sie weiterglimmen. Loni schiebt sie mit dem Fuß auf die Metallplatte vor dem Herd.

Sie greift nun nach dem ersten Stück. Es ist Amelies hellblaue Bluse, die mit den tiefen Falten am Ärmelansatz, die so großzügig aufspringen. Loni beginnt bei dem überdimensionalen, rüschenbesetzten Kragen, versucht, mit dem schweren Bügeleisen diese Fältchen zu glätten, und bald steht ihr der Schweiß auf der Stirn und sie schimpft leise vor sich hin.

Loni lässt den Kragen Kragen sein, und widmet sich erst den Ärmeln.

Schritte auf der Treppe, eher: Patscher, und tatsächlich, es ist Percy, der freudig an Loni hochspringt.

„Wer hat denn dir aufgemacht?", fragt Loni den Hund, als ob er ihr antworten könnte, „du sollst doch nicht in die Küche!"

Es ist Max gewesen. Max, der jetzt die Küche betritt und sich umsieht, als ob er noch nie hier gewesen wäre – was ja durchaus möglich ist.

„Möchten Sie etwas?", fragt Loni, als Max noch immer stumm vor ihr steht.

„Nein, nichts. Ich wollte nur etwas wissen, wegen Marie." Max schließt die Küchentür, bevor er weiterspricht.

„Ich wollte wissen, ob ganz sicher ist, dass sie erfroren ist."

Loni antwortet nicht gleich. Sie streicht sich über das Haar, holt dann ein Taschentuch heraus und schnäuzt sich, wie um Zeit zu gewinnen.

„Warum fragen Sie denn da mich?"

„Ja, weil du doch draußen im Garten warst, weil du sie doch gefunden hast."

Das ist wahr und Loni könnte jetzt in aller Ausführlichkeit erzählen. Aber da steigt Rauch um das Bügeleisen herum auf, das schon geraume Zeit auf den großzügigen Ärmelfalten steht, genaugenommen, seit Percy die Küche betreten hat. Und nun, als Loni endlich das Eisen in die Höhe gewuchtet hat, zeichnet sich dessen Form als ziemlich gleichmäßig verbrannte Fläche auf der Bluse ab.

Loni legt die ruinierte Bluse über den Küchenstuhl. Sie stellt das Bügeleisen wieder auf den Herd.

„Es ist meine Schuld", sagt Max, „ich hätte lieber nicht stören sollen."

„Schon passiert", sagt Loni, „das wird ein schönes Geschrei geben. - Aber zurück zu Marie: Sie war in der Hoffnung, aber sie hat das Kind nicht haben wollen, und daran ist sie dann gestorben. Weil sie eine Blutvergiftung bekommen hat. Aber behalten Sie das für sich. Ich darf es niemand erzählen, hat Ihr Vater gesagt."

„Ich glaube, dass das Kind vom Morelli war", sagt Loni nach einer Pause.

„Von Morelli?"

„Es passt alles zusammen", spricht Loni weiter. „Im September haben sie sich kennengelernt, oder zumindest richtig kennengelernt. Bei dem Brückeneinsturz. Davon hat Ihre Schwester einmal beim Essen erzählt, als Sie nicht da waren. Die Marie ist zu den Gästen geschickt worden, um ihnen zu sagen, dass das Fest ausfällt, und zu Morelli ist sie auch, und dageblieben, zwei Tage lang. Da ist sie in die Hoffnung gekommen. Und wahrscheinlich hat sie es ihm gesagt, aber ihm ist das ganz wurscht gewesen. Er hat sie sitzenlassen, weil ihm das Fräulein Amelie lieber war. Die Marie ist dann hinausgeflogen, weil sie zum Fräulein oder zu Ihrem Vater gegangen ist und verlangt hat, dass sie ihr helfen, damit er sie heiratet."

„Der heiratet doch kein Dienstmädchen."

Loni ist keine Irritation anzumerken. „Vielleicht wollte sie ja auch bloß, dass er für das Kind zahlt. In jedem Fall: Außer der Tante hat ihr keiner geholfen, weil alle bloß an sich gedacht haben."

„Hast du das den Gendarmen auch erzählt?" Max greift nach einem Ärmel von Amelies ruinierter Bluse, bewegt ihn hin und her, unentschlossen, müßig.

„Nein, das habe ich nicht." Loni verliert jetzt die Geduld. „Morelli würde doch nur sagen, dass sie ein Mensch war und auch andere gehabt hat. Und Ihr Vater hat das auf der Polizei auch so gesagt."

Loni greift nach einem Wäschestück, offensichtlich ein Hemd von Max selbst.

„Aber", sagt sie, „ich habe mir da etwas überlegt. Weil ich finde, dass ihr ganz dreckig mitgespielt worden ist, und andere finden das auch!"

Max setzt sich auf den einfachen Stuhl an dem einfachen Tisch, er sieht Loni beim Bügeln zu. Schließlich nimmt sie ein Glas aus dem Schrank, gibt erst Sirup hinein, dann Wasser. Max trinkt, sieht weiter zu und spricht dann von ganz anderen Dingen. Dass er die Erwartungen seines Vaters enttäuscht habe, weil er so wenig künstlerisch sei, aber auch nicht praktisch begabt. Jurist solle er werden, das könne man immer gebrauchen. Dass er am liebsten einmal weggehen würde von München und vom Vater. Nach England - oder gleich nach Amerika.

*

Ohne weitere bemerkenswerte Ereignisse kommt der Sonntag heran, Tag der Verlobung von Amelie und Dr. Morelli. Sechzehn Personen werden um den auf das fast Dreifache seiner üblichen Länge vergrößerten schweren Mahagonitisch sitzen, darunter die Schwester des zu Verlobenden, eine Realitätenbesitzerswitwe, die eigens aus Augsburg angereist ist.

Schon am Vortag hat Loni mit der Scheuerfrau drei orientalische Teppiche in den Garten geschleppt und dort auf der hinter dem Haus befindlichen Teppichstange gründlich ausgeklopft. Währenddessen wurde der Parkettboden gefegt und dann nebelfeucht gewischt, danach haben sie die Teppiche wieder an ihren Platz geschafft und mit Bahnen aus Nesselstoff bedeckt, damit nicht eine erneute Verschmutzung eintrete.

Im Salon hat Loni dann unter Anleitung des Fräuleins auf der Anrichte einiges vorbereitet: Ein Kaffeeservice – zu Amelies seit Jahren angesammelter Aussteuer gehörend –, das an diesem Abend zum ersten Mal zum Einsatz gelangen soll, sowie Ersatzmesser, Löffel, Schüsseln, Gläser verschiedener Art, Flaschenöffner und Ersatzservietten, kurzum, alles, was zum Servieren nötig ist oder nötig sein könnte.

Auch im Speisezimmer selbst ist bereits am Vortag vorbereitet worden, was sich vorab vorbereiten lässt: Der Tisch ist mit frisch gewaschenen und gebügelten Damastdecken belegt, von Amelie kunstvoll gefaltete Servietten harren ihres Gebrauches, Pfeffer- und Salzgefäße stehen in ausreichender Anzahl bereit, ebenso drei verschiedene Arten Gläser pro Person, die noch auf den Kopf gedreht sind. Auch zwei Aufsätze sowie ein künstliches Blumenarrangement zieren den Tisch.

Alles andere hat Loni dann am Sonntag gemeinsam mit der um zwei Uhr eingetroffenen Servierhilfe und unter Leitung der Hausdame am Sonntagnachmittag ergänzt, immer umschwirrt von Amelie.

Diese ist, wie auch am Vortag und im Grunde die ganze vergangene Woche hindurch, kaum einmal zur Ruhe gekommen, obwohl sich im Rückblick schwer sagen lässt, was sie nun eigentlich beigetragen hat.

Lonis Arbeit ließe sich auf einer Liste zusammenstellen und abhaken - wie es die Hausdame tatsächlich getan hat, ebenso die rastlose Tätigkeit der Köchin. Auch die Leistung von Scheuer- und Servierhilfe kann genau quantifiziert werden – und so errechnet sich ihr Lohn.

Aber Amelie war überall und nirgendwo, erteilte dort einen sinnlosen Rat und hier eine anmaßende Rüge, stellte überflüssige Fragen, brach in Zweifel aus, wollte alles ändern und neu beginnen, sogar die Eisbombe gefiel ihr nicht mehr, wäre nicht ein Zitronensorbet doch passender, fragte sie sogar den an diesen Belangen kaum interessierten Jungbluth, der daraufhin in seinem Atelier verschwand und ab Freitag alle Mahlzeiten entweder dort oder in seinem Studierzimmer eingenommen hat, während der Rest der Familie sich im Wintergarten versammelte, um die Vorbereitungen im Speisezimmer nicht zu stören.

Amelies unwillkommenes Wirken endet erst, als sie drei Stunden vor dem geplanten Eintreffen der Gäste in ihrem Zimmer verschwindet und nicht mehr gestört werden will. Bei ihrem Wiedererscheinen nimmt sie die Komplimente ihres Bruders und der Hausdame huldvoll entgegen – und zieht sich wieder zurück, um nicht durch einen zu frühen Auftritt den Effekt zu mindern.

Nun hat Jungbluth, in einen tadellosen schwarzen Anzug nebst fein gefälteltem Hemd gekleidet, sukzessive die Gäste begrüßt und in den Salon eskortiert. Als alle vollzählig sind, holt das Fräulein auch Amelie herbei und deren graziöse Erscheinung löst einhellige Begeisterung aus. Betont demütig und sichtlich im Bewusstsein, ein vom Schicksal besonders Begünstigter zu sein, führt Morelli sie zu Tisch.

Fleischbrühe und krustierter Waller mit Butter und Kartoffeln werden zügig vertilgt, das Tempo verlangsamt sich nach diesem ersten Gang und die Servierhilfe geht mit dem Schwarzwildpret in Preiselbeersauce herum, während Loni sich anschickt, die Rotweingläser zu füllen. Sie macht dies flink und geschickt, nichts ist an ihrer Miene und ihren Bewegungen auszusetzen, tadellos sitzen Häubchen und Schürze, wie die von Borgh nicht gerade dankbar, aber doch erleichtert zur Kenntnis nehmen muss. Sie hält die mehrfach beringte Hand über ihr Glas und wünscht, ein Glas Wasser zu erhalten.

Loni hört den Wunsch mit bescheidenem Nicken an und kehrt unverzüglich damit zurück. Aufmerksam, doch unaufdringlich wacht sie dann über die Gäste, stets bereit, sofort zu reagieren und jeden in den Stand wunschlosen Wohlgefühls zu versetzen.

Währenddessen setzt sich das Tischgespräch fort, Belange des städtischen Lebens, der Politik, der persönlichen Beziehungen streifend, erhellend, vertiefend. Es geht nun um Neuerungen im Bereich der Gesetzgebung.

Morelli führt aus, dass seit der Einführung des Bürgerlichen Gesetzbuches für das gesamte Deutsche Reich am 1.1. des Jahres die Frau über volle Geschäftsfähigkeit verfüge. Durch die Eheschließung, wendet er sich nun, in leicht neckendem Tonfall an seine neben ihm sitzende Zukünftige, schränke sich diese Freizügigkeit freilich wieder ein, ob sie sich mit der eheherrlichen Vormundschaft auch wirklich und wahrhaftig abfinden könne?

„Aber ja", strahlt Amelie.

„Apropos Vormundschaft", fällt jetzt Jungbluth ein, „am nächsten Mittwoch gibt's eine Protestveranstaltung gegen die Lex Heinze im Bürgerlichen Brauhaus, da bin ich dabei, und wenn ich mich mit einer Eisenkugel dort festketten muss. Der Künstler muss Freiheit haben, volle Freiheit, sage ich!"

„Aber Sie sind doch Beamter", wendet jemand ein.

„Einerlei", sagt Jungbluth kämpferisch, „wenn es um die Freiheit der Kunst geht, gibt es keine Rücksichten mehr!"

Alle schweigen, wohl beeindruckt von solcher Courage, nur das Danziger Fräulein lächelt ganz, ganz leicht, was es freilich gleich hinter seiner langfingrigen Hand verbirgt.

Doch nun wolle man sich wieder den angenehmen Dingen widmen. Jungbluth erhebt angesichts des vorzüglich gelungenen Mahles das Glas auf das Wohl der Köchin, die seit Freitag unermüdlich gereinigt, gesalzen, gepfeffert, gebeizt, geputzt und geschnitzelt, geschnitten und gerührt, gewendet und geformt, gebrüht, gebraten und geschlagen hat? Oder ist ihm an einer Würdigung Lonis gelegen, die sich nicht nur im Vorfeld der Einladung, sondern auch am heutigen Abend Verdienste erworben hat und dabei – ganz gegen ihre sonstige Gewohnheit - sogar aufs Freundlichste lächelt? Aber auch die Servierhilfe könnte er hochleben lassen - sie, die für eine Mark fünfzig ab zwei Uhr bei den Vorbereitungen geholfen hat, den ganzen Abend lang bedienen, nach der Feier noch den Aufwasch machen, Essensreste und Flaschen wegräumen, den Boden kehren und den Raum lüften und zum Umfallen müde in eine armselige Behausung zurückkehren wird.

Nein, die, umsichtige und stets an alles denkende Hausdame ist gemeint, der Jungbluth von Herzen Lob und Dank aussprechen möchte!

Die von Borgh lächelt geschmeichelt und erhebt ihr unangetastetes, noch vom ersten Gang her gefülltes Weißweinglas. Alle tun es ihr nach, und man prostet

sich zu, in der Erwartung des Kommenden, wie Jungbluth nach einem langen Schluck launig anmerkt.

Da zieht jemand an der Glocke, ganz deutlich ist es
zu hören und die Gäste sehen sich unwillkürlich um,
ob irgendwo noch ein Stuhl unbesetzt und demnach
ein später Gast zu erwarten sei.

Auf einen Wink der von Borgh hin nähert sich Loni
und erhält die zwar geflüsterte, aber angesichts der
eingetretenen Stille deutlich verständliche Anweisung,
jeglichen Gast mit dem Hinweis auf die stattfindende
Verlobungsfeier abzuweisen und um einen Besuch zu
einem günstigeren Zeitpunkt zu bitten.

Jungbluth nickt zustimmend.

„Der Gradl könnt's sein, mit seiner Mappe", vermu-
tet er. „Soll's in Gottes Namen dalassen!", ruft er Loni
nach.

Loni verschwindet, das Gespräch lebt auf Anre-
gung des Hausherrn wieder auf und wendet sich dem
Bordeaux 1895 zu, den Jungbluth - stamme er aus
Frankreich oder nicht – als Kenner aufs Treffendste zu
charakterisieren weiß.

Doch schon kehrt Loni wieder zurück und knickst
ausgesucht höflich vor ihm.

„Nun?", fragt Jungbluth.

„Gnädiger Herr, es wäre eine Dame draußen, sie
hat etwas zu bestellen, für den gnädigen Herrn Dr.
Morelli", sagt Loni, „sie will einfach nicht gehen, ob-

wohl ich sie darum gebeten habe. Ob's ganz kurz hereinkommen darf zum gnädigen Herrn Dr. Morelli, hat sie gefragt, weil es eben gar so wichtig ist!"

Alle schweigen und lauschen. Morelli erhebt sich.

„Nun, entschuldigen Sie mich bitte, es kann sich nur um ein belangloses geschäftliches Anliegen handeln."

Morelli geht von Loni gefolgt hinaus, während Jungbluth das Tischgespräch wieder in Gang zu bringen sucht, mit dem Hinweis darauf, dass die deutschen Lande nun eben keine ernstzunehmenden Rotweinlagen aufwiesen.

Es erstirbt, sobald Morelli zurückkehrt.

Tatsächlich: nichts von Bedeutung. Das wird man ihm kaum abnehmen, zumal er jetzt ein wenig zu übergangslos nach dem Inhalt des Tischgespräches fragt und kaum, dass er es von Amelie erfahren hat, von einem badischen Spätburgunder zu sprechen anfängt, der es mit jedem Roten aus dem Ausland ohne weiteres aufnehmen könne.

Amelie sieht ausnahmsweise einmal aus, wie jemand, der sich seine Gedanken macht, widmet sich dann aber wieder dem Schwarzwild. Hin und wieder lächelt sie Morelli zu. Sehr vornehm wirkt er in seinem schwarzen Frack, dessen Flügel rechts und links vom Stuhl herunterhängen. Mit einer hoheitsvollen, schon recht ehefraulichen Handbewegung lehnt Amelie das Angebot der Serviererin ab, noch einmal nachzulegen.

Loni steht wieder an der Wand und beobachtet die Gäste, denen sie bei Bedarf einschenkt, während die Serviererin mit dem Tablett von einem zum anderen geht.

Kapaunenbraten mit Salat wird folgen, so steht es auf dem Zettel in Amelies schöner Schrift, den die Köchin an die Küchenwand geheftet hat. Dreimal hat die Oberhofer die Speisenfolge abgeschrieben, einmal für die Wand neben dem Speiseaufzug, wo Loni und die Serviererin sie einsehen können, einmal für den Serviertisch im Salon und einmal für das Fräulein von Borgh, das ihn in eine Serviette eingeschlagen zur Hand hat.

Seit dem unverhofften Klingeln an der Haustür, seit Lonis übertriebener Hervorhebung des Doktortitels und seit Morellis fadenscheiniger Erklärung achtet die Hausdame noch aufmerksamer als sonst auf die Ereignisse. Ganz an den Rand ihres Stuhles ist sie gerutscht, bereit aufzuspringen und einzuschreiten - während das Gespräch der Tischrunde langsam wieder zum früheren Grad der Lebhaftigkeit zurückkehrt.

Gerade als Loni gebrauchte Teller hinausträgt und die Oberhofer über das Hinaufsenden des nächsten Ganges informieren will, klingelt es von Neuem. Loni kehrt mitsamt der Teller in das Speisezimmer zurück.

„Lass", sagt die von Borgh ganz gegen ihre Gewohnheit und springt sofort auf.

Als sie dann die Haustür öffnet, steht eine junge Frau davor. Sie trägt einen langen Mantel und einen recht ausgefallenen Hut, es ist das weißblonde Dienstmädchen Ernestine aus der Wirtschaft hinter dem Viktualienmarkt.

Aber die Hausdame kennt Ernestine natürlich nicht.

Ernestines Lippen sind rot bemalt, einen Fuß im keck umgeschlagenen Knopfstiefelchen über blauweiß gestreiften Wollstrümpfen hat sie neckisch auf die oberste Stufe gesetzt.

„Sie wünschen?", fragt die Hausdame.

„Ich wünsche Gustav Morelli zu sprechen, er ist doch hier?"

„Dr. Morelli? Das ist jetzt nicht möglich", sagt die von Borgh.

„Aber es ist wichtig", beharrt Ernestine. Die mit Kohle nachgezogenen Augenbrauen bilden einen starken Kontrast zur hellen Haar- und Hautfarbe.

„Es geht nicht. Und jetzt scheren Sie sich weg, oder ich lasse die Gendarmen holen!"

"Warum? Einen Gruß ausrichten wird schließlich nicht verboten sein", sagt Ernestine schnippisch, dreht sich aber doch um und springt die Stufen hinunter.

Die Hausdame schließt die Tür und kehrt nach einem tiefen Atemzug in das Speisezimmer zurück.

„Es war ein Schüler des Professors", lügt sie gleich darauf, „diese jungen Leute kennen wirklich keine Uhr mehr."

Nun ist endlich der Kapaunenbraten mit Salat und gemischtem Früchtekompott an der Reihe und die Servieren und Loni walten wieder so aufmerksam und zuvorkommend ihres Amtes, dass man von einer rundum gelungenen Mahlzeit sprechen könnte, wenn nicht die Gäste ein wenig verstört wirken würden. Jungbluth sucht wiederholt den Blick der Hausdame, die mit hochgezogenen Augenbrauen die Speisenden betrachtet und selbst nur eine winzige Portion auf ihrem Teller liegen hat, die sie nicht anrührt. Als es ihm endlich gelingt, kann er nur die eigene Ratlosigkeit wiederfinden.

Doch der Appetit und die Güte der Oberhoferschen Küche gewinnen die Oberhand und so findet auch der Reispudding mit Hagebuttensauce seinen Weg auf die Tellerchen und der Gang des Menüs bewegt sich auf seinen Höhepunkt zu:

„Die Eisbombe", ordnet die von Borgh an.

Loni nimmt die Anordnung mit Selbstverständlichkeit entgegen, als ob sie ihr Leben lang nichts anderes getan hätte als bei Gesellschaften zu servieren.

Wenig später holt sie die Eisbombe aus dem Aufzug. Die Köchin hat das Speiseeis am Vormittag in einer eigens zu diesem Zweck vom Speicher geholten und frisch gereinigten Eismaschine angerührt.

Aus dem Eisschrank hat die Oberhofer mit einem Pickel Roheis entnommen. Diese Splitter hat sie mit Salz gemischt und in den Raum zwischen Holzeimer und Blechgefäß gestellt. Schließlich hat sie Milch, Zucker, geriebene Vanille und reichlich Eispulver in dieses Gefäß gegeben und Loni musste kurbeln und damit ein Drehkreuz bewegen, das die Masse und an der kalten Gefäßwand vorbeitrieb.

Immer wieder hat Loni ihren Zeigefinger in diese Masse gesteckt und davon genascht, was ihrer Tante nicht entgangen sein wird. Die Oberhofer hat sie aber gewähren lassen, sie wird wissen, dass Loni zum allerersten Mal in ihrem Leben Eis gegessen hat.

Die geschmeidig gefrorene Masse kam dann in die Eisbombenform und wurde bis zum Zeitpunkt des Gebrauchs auf einem Rost im Eisschrank platziert.

Es ist, nun von der Metallform befreit, eine ganz wunderbare Eisbombe geworden, mit Mandel- und Schokoladensplittern verziert, mit eingelegten Kirschen bestückt. Loni trägt sie herein und setzt sie unter bewundernden Rufen mitten auf dem Tisch ab.

„Wie herrlich", ruft Amelie, „das war meine Idee!"

16 Dessertteller und 16 frisch geputzte silberne Dessertlöffel liegen bereit, als die Serviererin jetzt die schon vorgeschnittenen Stücke zu verteilen beginnt, während Loni die gebrauchten Servietten einsammelt.

Amelie sieht zu ihrem Vater hinüber. Er wirkt missgelaunt und schiebt jetzt seine Portion der Eisbombe beiseite, die Loni sogleich abserviert und dann vor Max abstellt, der sie dankbar näher zieht.

Es klingelt.

„Das darf doch nicht wahr sein!" Jungbluth geht mit einer unbeherrschten Handbewegung ohne Begründung hinaus.

Als er zurückkommt, hält er geradewegs auf Morelli zu und fasst ihn am Ärmel: „Es ist jemand draußen, es ist geschäftlich."

Niemand wird ihm glauben.

Morelli legt seine Hand auf die Amelies, als ob er sich an ihr festhalten wollte. Amelie schiebt die Hand weg. Er steht auf, geht hinaus. Zögernd widmen sich die Gäste wieder der Eisbombe. Morelli kehrt zurück, setzt sich wieder.

„Einen Mietzins hat man mir gebracht", erklärt er.

Es folgen kunstvoll verzierte Torten - Schwarzwälder Kirsch und Kasseler Schokoladentorte - nebst Konfekt verschiedener Art und allerlei Obst. Nach dem gleichzeitig gereichten Kaffee soll bei einem Glas Pommery 1893 die Verlobung stattfinden.

Die Serviererin schenkt ein. Auch Amelie fasst nach dem Glas, das Morelli ihr nun zuschiebt. Sie hebt es vorsichtig an und führt es an den Mund. Ohne zu trinken, setzt Amelie das Glas wieder ab, Morelli hat das seine halb geleert.

Doch schon ertönt das nächste Klingeln.

„Ich gehe diesmal lieber gleich selbst", sagt Morelli, niemand widerspricht. Vor der Tür steht Theres. Sie trägt eine ganz große Toilette, mit einem Federhut nebst Schleier und balanciert einen rüschenverzierten Schirm kokett hin und her.

„Was willst?", geht er sie an.

„Ich möchte Sie nicht lang aufhalten, Herr Doktor," sagt Theres, „ich möchte Ihnen nur recht schöne Grüße und alles Gute zur Verlobung ausrichten."

„Grüße? Von wem Grüße?"

„Von Marie", sagt Theres, „sie kann's ja selber nicht mehr so gut, wo sie doch jetzt auf dem Gottesacker liegt. Ihre anderen Freundinnen kommen auch noch alle, die können S' dann Ihrer Verlobten vorstellen, die freut sich doch bestimmt, wenn sie uns alle kennenlernt."

Sie verabschiedet sich und eilt die Stufen hinunter, den von Loni geräumten und mit Kies bestreuten Weg entlang und durch das schmiedeeiserne Gartentor mit den Engelchen, die so unschuldig und lieb lächeln wie immer.

Morelli ist zurückgewichen, er ringt nach Worten.

„Ist Ihnen nicht gut, Herr Morelli?", fragt Loni neben ihm. „Brauchen Sie vielleicht Natron oder ein Emser Salz?"

„Wenn Du damit etwas zu tun hast", sagt er endlich, ganz ähnlich wie beim Singspiel, „dann pass bloß auf. Du findest in deinem Leben keine Stellung mehr, nicht hier und nicht dort und überhaupt nirgendwo. Dafür sorge ich, das kannst du mir glauben."

„Ist recht", sagt Loni ruhig.

Sie folgt ihm in das Speisezimmer, wo sich Morelli wieder auf seinen Platz setzt.

„Sie müssen einmal dieses herrliche Brüsseler Konfekt probieren", schlägt ihm die Hausdame vor. Doch niemand hört ihr zu, denn es klopft an das Fenster und dahinter zeichnet sich ein stark geschminktes Gesicht ab. Die Mädchen müssen Katharina zu mehreren hinaufheben, denn sonst könnte sie sich nicht auf dieser Höhe befinden und sie schwankt hin und her und verschwindet sogar kurz.

Wie Katharina aber dann wieder auftaucht und hereinschaut, wie sie die Nasenspitze an die Scheibe drückt und die Lippen zu einem Kussmündchen rundet, und wie Loni jetzt auch noch das Fenster hilfreich öffnen will, und wie die Hausdame aufspringt und sie am Arm packt und wie Amelies Mund offensteht und sich gar nicht mehr schließen will, und wie jetzt Katharina draußen das Wort „Marie" formt, dabei die Vokale grotesk übertreibt und dazwischen immer wieder Küsschen wirft, und wie Jungbluths Gesicht dunkler und dunkler wird und er Loni schließlich anherrscht, sie solle sich zum Teufel scheren mit ihrer Bagage, und wie den Mädchen draußen endlich doch die Kräfte ausgehen und Katharina recht abrupt vom Fenster verschwindet und ein dumpfer Schmerzensschrei zu hören ist – das, ja das ist über alle Maßen lohnend.

„Gustav", fragt Amelie, „was sind denn das für Weiber?"

„Das weiß ich nicht! Ich kenne die nicht!", ruft Morelli, und so wie die anderen Gäste ihn ansehen, ist die Verzweiflung auch angebracht, denn Belustigung, Empörung und Missbilligung verdichten sich zu einer für ihn höchst unvorteilhaften Affektmelange.

„Aber die kennen Sie", sagt Loni von der Wand her, „Parole Adelmann!"

Morelli springt auf, will zu ihr hin, doch Jungbluth kommt ihm zuvor, nötigt ihn auf seinen Stuhl zurück. Loni schickt er hinaus, mit dem Auftrag, sich ja nicht mehr blicken zu lassen.

„Liebe Freunde", beginnt er dann, „ohne Zweifel handelt es sich hier um eine Art Streich, einen Streich der ganz bösen Sorte allerdings. Ich möchte vorschlagen, dass wir alle in den Salon hinübergehen und diesen Spuk vergessen, dann können wir ungestört zu dem Anlass kommen, der uns alle heute zusammengeführt hat."

„Aber ich mag jetzt nicht mehr!"

Amelie spring auf, läuft hinaus, hinauf. Auch Morelli erhebt sich. Es sei besser, wenn er jetzt gehe, sagt er leidlich beherrscht, er bitte die Anwesenden, ihn für heute zu entschuldigen. Niemand widerspricht, nicht einmal seine Schwester.

„Liebe Freunde", wiederholt Jungbluth kurz darauf im Salon und die Hausdame bedeutet ihm mit einer dämpfenden Handbewegung, etwas leiser zu sprechen.

„Wir sind hier zusammengekommen", fährt Jungbluth eher noch lauter fort, „wir sind hier zusammengekommen, um einen freudigen Anlass gemeinsam zu
begehen. Es handelt sich um, wie Sie schon wissen,
eine Verlobung – es handelt sich um: meine Verlobung
mit meiner langjährigen Hausdame, Aleida von
Borgh." Deren graue Augen treten leicht aus den Höh-
len, als Jungbluth ihr jetzt zuprostet und die Gäste
gleich darauf bittet, nun ebenfalls das Glas zu erheben,
was auch geschieht.

Alle bemühen sich, angesichts der wohlgesetzten
Worte, mit denen die von Borgh nun von einer erst be-
ruflichen Beziehung spricht, die sich in Vertrauen be-
währt und zur gegenseitigen, innigen Neigung, ja
wahren Liebe entwickelt habe, keine Zweifel erkennen
zu geben.

Als die Unterhaltung eingesetzt hat und niemand
auf sie achtet, greift die Servierhilfe nach dem Cham-
pagnerglas Amelies, das unberührt auf dem Tisch
steht und trägt es vorsichtig in die Küche hinunter.

„In seiner Verzweiflung hat sich der Jungbluth mit
der Borghschen verlobt. Erst hat sie geschaut, aber
dann ist sie gleich in den Sattel gesprungen", erzählt
die Servierhilfe unter lautem Lachen und nun trinken
sie abwechselnd von Amelies Pommery 1893, andächtig und verdientermaßen.

Nur etwa zwanzig Minuten später, nach dem Ende
der kleinen Feier, ertönt der Wunsch nach Bedienung.

„Jetzt fliegst du hinaus", sagt die Oberhofer nur.

Loni steigt die Treppe hinauf, zum Studierzimmer des Herrn, wie es ihr auf der Anzeigentafel in der Küche angegeben wurde.

„Herein", hört sie nach dem Klopfen.

Jungbluth sitzt an seinem Schreibtisch vor dem bunt verglasten Fenster. Zahlreiche, in Leder gebundene Bücher und Dutzende von Katalogen türmen sich neben ihm auf dem Fensterbrett, Briefe und Kaufangebote erwarten Antwort und Auskunft. Man sieht, er ist ein vielbeschäftigter, gefragter Mann, der seine Zeit nicht mit Wohl und Wehe des Personals verschwenden kann.

„Wir machen es kurz", sagt er nun ohne Einleitung, „du bist gekündigt, du kannst gehen, lieber heute als morgen, lieber gleich als später."

„Warum?", fragt Loni zurück.

„Warum?", wiederholt Jungbluth. „Du weißt genau, warum. Das Leben meiner Tochter hast du ruiniert! Ein paar nichtsnutzige Weiber hast du aufgehetzt, dass sie in einem lächerlichen Aufzug auftreten, was weiß ich, wahrscheinlich sind's allesamt aus deinem Bauerndorf und haben dir gerne den Gefallen getan."

Diese rasche Einsicht in Lonis Anteil an den Ereignissen des Abends ist sicherlich dem Scharfsinn der unersetzlichen Hausdame und zukünftigen Hausherrin zu verdanken. Loni kneift die Augen zusammen, wie um Jungbluth besser ins Visier nehmen zu können.

„Und das Leben von der Marie?"

„Hör mir doch auf!" Jungbluth weist mit seinem kräftigen Zeigefinger nach der Tür.

„Hat nicht Morelli ihr Leben ruiniert?", fragt Loni, ohne sich von der Stelle zu bewegen, „erst hat er sie verführt und dann hat er sie sitzenlassen! Und Sie haben die Marie hinausgeworfen, damit die Amelie einen Mann bekommt!"

Jetzt ist Loni zu weit gegangen. Jungbluth stemmt sich in die Höhe und richtet sich auf. Er geht zur Tür, reißt sie auf, kommt zurück, packt das dünne Mädchen am Arm und zerrt und schiebt es hinaus. Wirft die Tür zu. Und Loni? Loni läuft die Treppe hinunter und bleibt in der Diele stehen.

Schon einmal war ihre Stimme so laut zu hören, in Sankt Georg, und wie der tapfere Ritter scheut sie den Angriff nicht und ruft: „Ihr Lumpen! Ihr habt die Marie auf dem Gewissen!"

Jungbluth wird sie hören, sogar durch die ihn von den Alltagsgeräuschen wieder abschottende Tür hindurch, die Oberhofer wird sie hören, in der Küche mit der Servierhilfe beim Abwasch zugange, die von Borgh wird sie hören, im Salon angesichts des bevorstehenden Weggangs von Loni mit dem raschen Überprüfen des hauseigenen Silbers auf seine Vollständigkeit beschäftigt, Max wird sie hören - und Amelie wird sie hören, Amelie, die verweint in ihren Kissen liegt, aber nun aufgestört worden ist.

Amelie steht erst unschlüssig und ein wenig verloren da, dann aber geht sie zu dem Stapel aus Zeitschriften und Journalen hinüber, zieht schließlich die „Elegante Hausfrau" hervor, blättert darin. Bald hat sie gefunden, wonach sie sucht: Einen durch Bilder ergänzten Beitrag über Haartrachten nach der neuesten Mode. Amelie schlägt eine Seite auf, löst dann ihre kunstvolle Frisur, bürstet ihr Haar eine Weile aus.

In der empfohlenen Weise flicht sie bald darauf ihre Haare zu zwei Zöpfen, die sie zu Schnecken rollt und mit Haarnadeln rechts und links hinter den Ohren feststeckt. Amelie dreht und wendet sich ein wenig vor ihrem Spiegel, begutachtet sich dann mittels eines Handspiegels von beiden Seiten, ist zufrieden.

Sie sieht zu, wie ganz langsam, von den äußeren Augenwinkeln her die Flüssigkeit zunimmt, zu den inneren Augenwinkeln hinfließt, in prekärer Balance verharrt, über den Lidrand hinausdrängt und, ihren Weg über die zart gepuderten Wangen nimmt.

*

„Pack lieber selber ein", sagt die Oberhofer und übergibt Loni eine karierte Reisetasche, „sonst geht's dir wie der Marie und du kannst alles einzeln von der Erde aufsammeln."

Loni läuft die Treppe hinauf, als ob sie es gar nicht erwarten könnte. Es dauert nicht lang, bis sie mit ihren Habseligkeiten wieder herunterkommt. Da öffnet sich die Tür des Zimmers von Max. Loni stellt die Tasche ab. Er winkt ihr zu, kommt ihr entgegen. Auf dem Treppenabsatz bleiben sie voreinander stehen.

„Die Bluse brauchst du nicht zahlen", sagt Max. Ich habe ihr gesagt, dass ich dich abgelenkt habe, weil ich unbedingt etwas zu trinken wollte. Wo gehst du denn jetzt hin?"

„Die Klara, das ist eine Freundin, weiß eine Fabrik, da suchen sie welche und lernen einen an. Das Dienen freut mich sowieso nicht."

„Und wo wirst du wohnen?", fragt Max.

„Meine Schwester bringt mich schon unter, sie kennt viele in München."

Max sagt nichts mehr, denn Loni legt ihre vom Waschen, Putzen und Abspülen sichtlich raue Hand um sein Gesicht. Mit der anderen Hand streicht sie ihm das Haar aus der Stirn. Max lässt es geschehen, er lässt auch geschehen, dass Loni ihm einen Abschiedskuss gibt.

„Treffen wir uns einmal?", fragt Loni, „jetzt gibt's schon das Märzenbier."

„Ich weiß nicht. Wenn ich es einrichten kann."

„Sie können es aber nicht einrichten!"

Die Hausdame kommt die Treppe herauf, mit Lonis Dienstbuch in der Hand.

Sie hält Loni das Büchlein entgegen: „Ich habe hineingeschrieben, dass du träge und renitent bist, damit wirst du nicht einmal Ritzenschieberin werden. Außerdem kannst du froh sein, dass du uns nichts schuldig bist!"

„Ich euch was schuldig? Ihr habt's doch mehr als genug! Ihr sauft's ja noch Schampus, wenn die Leichen quer über dem Tisch flacken. Und jetzt her damit!"

Loni reißt ihr das Dienstbuch aus der Hand, die Hausdame holt zum Schlag aus und will durch einen Schritt nach hinten Schwung gewinnen. Gerade noch hält Loni sie fest, und vermeidet so den Sturz, der Aleida von Borgh schwer hätte schädigen können.

„Hoppla", sagt Loni, und gibt den Arm ihrer ehemaligen Vorgesetzten frei, „hätten S' mir gar noch was aus der Armenkasse mitgeben wollen?"

Die von Borgh lehnt sich ganz gegen ihre Gewohnheit gegen die Wand, schnaufend greift sie nach ihrer Frisur. Und mit den Händen über den eingedrückten Schläfen hört sie auch zu, wie ihr Verlobter, aus seinem Studierzimmer tretend, jetzt der ganzen Sache ein Ende macht.

Jungbluth ist gar nicht einmal zornig. Er tritt gemessen an die Brüstung, legt beide Hände darauf. So sonor und männlich klingt seine Stimme, so imposant ist seine Erscheinung, so wohlgesetzt sind seine Worte, dass der Festredner für die Eröffnung des Künstlerhauses im Vergleich mit ihm nur eine Fehlbesetzung sein kann. Jungbluths kleines Publikum vergrößert sich durch Amelie, deren Zimmertür sich einen Spalt weit geöffnet hat, und durch die Köchin, die, von der

Küche heraufkommend, am Eingang zur Diele stehenbleibt.

Jungbluth spricht: „Jetzt hör mir zu, wenn du es schon so genau wissen willst. Morelli ist nicht der Vater vom Kind, und du hast die Verlobung ganz umsonst verdorben. In das Leben anderer Leute hast du eingegriffen, in das Leben deiner Herrschaft sogar, in deiner törichten Selbstüberschätzung und impertinenten Anmaßung. Nun aber schau neben dich, dann siehst du den nicht ganz so stolzen Vater, frag ihn doch, warum er es dir nicht selber erzählt hat. Und dann hau ab."

„Jetzt sprechen Sie endlich, es ist doch wahr", drängt die Hausdame.

„Nichts ist wahr! Loni! Loni, du musst mir glauben: Ich bin nicht der Vater vom Kind!"

Die Empörung, ja: Verzweiflung muss echt sein und Loni fasst das auch so auf. Sie nimmt Max in den Arm und flüstert ihm etwas ins Ohr, das die von Borgh nur allzu gern verstehen würde – denn sie formt sogar ein Ohr zum schallverstärkenden Trichter.

Max nickt mehrmals, erleichtert.

Dann nimmt sich Loni das Dienstbuch vor. Sie reißt es mitten entzwei und schleudert die Teile über die von Borgh hinweg weit in den Raum hinaus.

Ein Teil streift den Lüster, wird in seiner Bahn Richtung Standuhr abgelenkt. Der andere landet zu Füßen der Oberhofer. Über das malträtierte Dienstbuch hinweg reicht sie Loni die neue Reisetasche, schlägt das Kreuz und ruft ihr ein „Grüß mir die Afra!" hinterher.

Dann ist Loni auch schon zur Eingangstür hinaus, Percy springt ihr bellend nach, umkreist sie, mit möchte er, doch Loni schickt ihn zurück.

Es ist Zeit.

Doch halt, was lehnt da an der Mülltonne, die mit solchem Vorbedacht in eine eigene Nische in der Gartenmauer eingefügt ist, dass sie von der Straße aus ohne störendes Betreten des Gartens entnommen und geleert werden kann?

Blumen und glatte Haut, scheues, liebes Lächeln, herzförmiges Gesichtchen und locker aufgestecktes Haar. Einmal längs und einmal quer auseinandergeschnitten, um jegliche weitere Verwendung unmöglich zu machen.

Zeitfracht Medien GmbH
Ferdinand-Jühlke-Straße 7
99095 Erfurt, Deutschland
produktsicherheit@kolibri360.de